魔女と傭兵 ③

著：超法規的かえる
イラスト：叶世べんち

GCN文庫

一章　見慣れた火種と見慣れぬ日常

WITCH AND MERCENARY

客を呼び込む威勢のいい声が周囲からひっきりなしに聞こえる。

活気の良さは鮮度の良さと言わんばかりに並べられた魚は青く澄んだ目をしており、朝日を浴びて銀色に輝いていた。

ハリアンは港町というわけではないが、沿岸付近だけあって魚介類の鮮度がいい。もとよりこの地は向こうの大陸にはなかった魔術という存在があり、氷を生成することで低い温度を保てるので生鮮食品の保存が容易で食文化が豊かなのだ。

それでもやはり沿岸部というのは大きい。保存が楽だと言っても普通の品より手間がかかるのは間違いなく、冷やすための氷もただではないし重量もある。なにより魔獣という野生の獣よりも遥かに恐ろしい生物がいるこの地では、移動という行為自体が危険を伴う。

そうして常とは違った熱気を持つ市場を前に二つの人影が現れた。

「たまには朝市というのも悪くないな」

「私は森暮らしなので、お魚を毎日食べられるのが嬉しくて嬉しくて……」

日頃から三文の徳などなくとも早く起きている傭兵が活気に溢れた朝市を見て呟けば、まだどこか眠気を残したような魔女が照り返しに目を眇《すが》めながら首肯する。

ジグとシアーシャは三日に一度開かれるという朝市へ来ていた。

いつもこの時間は冒険業に勤しんでいる二人がここにいるのは理由があった。

一つは賞金首の存在だ。

近頃目撃情報が上がってきた蒼双兜《あおふたかぶと》と呼ばれる六等級相当の魔獣、その番《つがい》。通常の個体よりも長く生きて魔力と経験を積んだ歴戦の魔獣とも言える個体の出現により、それを狙う高位冒険者たちが七等級の狩場に姿を現した。

現在いくつかのパーティーが蒼双兜を倒して賞金とギルドの信用を得ようと動いているが、成果は上がっていないようだ。蟲《むし》型の魔獣は縄張りが広いのか、目撃情報から位置を割り出すには時間が掛かっているようだ。

頑丈な外骨格を持つ蒼双兜の中でも、ひと際頑丈な賞金首は不意に遭遇しても倒すのは難しく、事前に準備が必要になる。無論熟練の魔術師や剣士であれば砕くことはできるだろうが、それほどの冒険者はこの程度の賞金額では見向きもしないのだ。

最終的に七等級以下の冒険者では太刀打ちできないとギルドが判断し、目撃情報のあった一部地域に立ち入り制限が行われた。

ベテラン冒険者のベイツ曰く、冒険者の人口比率は七等級以下が全体の半分を占めるという。

ただでさえ人口の多い七等級の狩場が制限された結果、狩場が非常に混雑する羽目になってしまったのだ。周囲に気を遣いながらの冒険業は非常に窮屈で、シアーシャはとても嫌がった。

もう一つは、ただ単に朝市というものをシアーシャが見たがったためだ。

人里離れて暮らしていた彼女にとって街の営みというものはどれも新鮮で興味の対象のようだ。

シアーシャをよく気にかけてくれる受付嬢のシアンから、〝この街の朝市は一見の価値ありますよ〟と聞いたらしい。

ギルドとしては将来有望な冒険者であるシアーシャを危険から遠ざけようとする意図もあっただろう。彼女にその配慮が必要かどうかはともかく。

以上二つの理由によって今日は休みとなった。

朝起こしてもらうように頼まれたジグは日課の走り込みを済ませた後、寝ぼけ眼のシアーシャを起こして連れてきたのがここというわけだ。

実際この朝市の規模は数々の街を見てきたジグをしても感心するほどであり、シアーシャが興奮するのも無理からぬことであった。新鮮な魚介類はもちろんのこと、干物や土産物を取り扱う露店が数多く立ち並んでいる。

「ジグさん、見てください！」

人混みに慣れていないシアーシャが飲まれぬよう立ち位置を変える。ジグの厳つい人相と体つきは防波堤としての役割を十二分に果たし、岩を川の水が分かれるように人も避《よ》けていく。

「どうした？」

それに気づかぬままはしゃぐシアーシャの指す方を見れば、包丁で魚を捌く者がいた。

それ自体は驚くことではない。問題は、その捌かれた魚を客に振舞っていることだ。それも生で。

「……正気か？」

珍しく驚愕の表情をしたジグが思わずといった風にこぼす。

「……前々から食べているのを見たことはありましたが、こうして目にするとやっぱり生はちょっと……」

シアーシャもまるでゲテモノを食べている人間を見るかのように引いている。

魔術が日常的に使われているこの大陸では食料の保存技術が高く、長期の輸送でも傷みにくいため食中毒などの危険が少ない。そのため食文化に大きく差があり、生食もその一つだ。

二人のいた大陸では食材とは基本的に火を通して食べるものであり、生で食べるのは野菜や果物など一部のものに限られた。特に傭兵や商人など長距離を移動する者にとっては水が大切であり、長距離移動の最中に腹を壊して脱水症状にでもなれば命に関わる。

「海辺の集落などではそう言った食文化があるのは知っていたが……」

ジグとて必要に迫られれば虫だろうと生で食べることもある。しかしそれは最後の手段であり、決して好んで食べているわけではないのだ。彼らのように進んで食べているのは、はっきり言って異常な光景であった。

「……私、川魚を生で食べて死にかけたことあります」

過去の苦い経験を思い出しげっそりとした顔になるシアーシャ。強大な力を持つ存在といえど、中からの攻撃には弱いのは全生物共通のようで少し安心した。

初めてこの地で魔術を見た時と同じくらいに衝撃を受けた二人は、恐ろしげにその光景を見ていた。

しばしそうしていた二人だったが、何かを決断したような表情でジグが一歩を踏み出す。

「ジグさん……？」

まさかといった表情でシアーシャが見上げた。冗談でしょう？　と、口にせずとも分かるほどにその目は雄弁だ。

「……過去に囚われていては、乗り越えられぬこともある」

そう言って踏み出す彼にも苦い経験があるのだろう。額を伝う冷や汗を拭いもせず、それでも強がるように笑って見せる。わずかに震える歯の根は武者震いだと、そう自らに言い聞かせる。そうでなければ挫けてしまいそうだから。

「で、でも！　無茶ですよ！　危険すぎます！」

「……だからだ。これから先、生しか出されない時が来るかもしれない。そんな時に怖いからと目の前で火を通すわけにもいかないだろう？　……今なら、数日苦しい思いをするだけで済む」

だから、行く。

いずれ来る危機へ備えるためにあえて今、自ら苦汁を飲む。

「……お客さん、店先で騒がれると迷惑だから早くしてくれないかい？」

図体のでかい大男がみっともなく狼狽《うろた》えるのにジト目を向けながら店主がそう口にした。

そうして騒いでいた二人が土産物などを見ながら朝市を散策する。

ちなみに、ジグは決死の覚悟で生魚を食べたが、シアーシャは横からそれを恐る恐る眺めているだけだった。

人が魚を口に入れた瞬間に〝あーあ……〟とまるで死に逝く者を見るかのような顔をするのは止《や》めて欲しかったと、ジグは思った。

「お魚、どうでした？」

「……思っていたほど悪くはなかったが、やはりまだ食べ慣れないな」

酸味のあるソースらしきものを付けただけの生魚の切り身（刺身というらしい）を食べたジグが何とも言えない表情だ。

想像よりは悪くはなかった……と思う。それでも長年忌避してきた価値観はそう簡単には変えられず、正当な評価を下せているとは言い難い。単体で食べるのではなく、野菜などと合わせることで少しずつ慣らしていけば苦手意識も抜けるのではないか？

そんなことを考えながら前を行くシアーシャの後を歩く。

きょろきょろとお上りさんのように店を眺め、珍しいものがあればふらふらと歩み寄る。そんなことを何度も繰り返している。田舎者丸出しな彼女の様子を見てカモだと勘違いした連中が幾度か近寄ってきたが、ジグに指を明後日の方向にひん曲げられて泣きながら去っていった。

「やれやれ」

とても、とても危ないところだった。あと少しで赤潮に染まる海のように、朝市が阿鼻叫喚の渦に包まれるところであった。枯れ木を折るような乾いた音と、喧騒にまぎれるように押し殺した悲鳴を上げるコソ泥。覚えていろと捨て台詞を吐かれたのは悲しいことだ。指どころか肩から先が無くなるところを助けてやったというのに。

それに気づいているのかいないのか、何かを見つけたシアーシャがジグの腕をとる。

「あれ食べたいです！」

市場で買った魚介類、主に海老や貝などの海産物を焼いているのだろう。煉瓦を組んだ囲いの中で炭を熾《おこ》し、網の上で香ばしい匂いを漂わせている。地元の人間だろうか、木箱を椅子代わりにした男たちが朝から酒を呷り、機嫌よさそうに騒いでいた。網は大きく、スペースには余裕があるように見える。

「お店……には見えないですけど、どうやって注文すればいいんでしょう……？」

「ああ、まあ少し待て。話をつけてくる」

ジグは苦笑しながらすぐ近くの酒を提供している屋台で同じものを買い、騒ぐ男たちに近づいた。赤ら顔の男たちはジグに気づくとその大きさに驚きつつ、声を上げる。

「な、なんだよ兄ちゃん？」

狼狽えながら身を引いて警戒する男たちに、なるべく威圧感を与えぬよう軽く頭を下げて酒瓶を掲げて見せる。

「すまんが、網の一角を貸してもらえないか？　連れが興味津々でな」

酒瓶を差し出しながら肩越しにシアーシャを指した。初めは面食らったようにしていた男たちだったが、酒とシアーシャを見た途端に頬を緩めてだらしない顔つきになる。

「しょうがねぇなぁ！　おい、空箱もってこいや」

酒と美人に男が弱いのは万国共通のようだ。快く受け入れてくれた男に礼を言いながら、用意された椅子代わりの資材箱にジグが腰を下ろす。

「シアーシャ、食べたいものを買ってくるといい。……なにかおすすめはあるか？」

餅は餅屋だと男に聞けば、さっそく酒瓶を開けた彼は二軒先の店を指す。

「あそこで干物みてえなバァさんがやってる店が一番鮮度いいぞ。目利きのプロだ」

「干物って……え、あれ生きてるんですか？」

「嬢ちゃんも言うねぇ！　あれで俺より長生きしそうだから大丈夫だよ！」

遠目だとピクリともしないので趣味の悪い置物か何かだと思っていたシアーシャが、皺くちゃで痩せこけた老婆に驚きながら向かっていった。

「兄ちゃんは冒険者かい？　如何にも荒事得意ですって面してっけど」

「違うが、荒事専門なのは当たりだ」

待っている間に酒を注がれたジグが、杯を掲げ合いながら男たちと他愛無い話をする。

「ま、そのガタイで接客してますって言われたら逆に興味わくけどな！」

「ちげぇねえ！」

「好き放題言ってくれるな」

大笑いしながら騒ぐ男たちと、酔わぬ程度に杯を交わす。

少しして山盛りの魚介を手に戻ってきたシアーシャが、男たちに教わりながら網に並べていく。

「サザエは殻が弾けてあぶねぇから気ぃ付けてな。笊乗《ざる》っけるといいぜ」

「へぇー……わっ、思ってたより弾ける！」

「二枚貝はある程度焼けたらこうして、片方をねじ切ると食いやすい」

「……なるほどな。上手いものだ」

シアーシャ共々、食べ方を教わりながら海の幸を楽しむ。ジグもこうした浜焼きはあまり経験がないので教わることが多い。

「うわ、美味しい！」

「旨味がすごいな……む、海老の髭が刺さる」

貝の身を頬張り目を丸くするシアーシャと、海老を頭から食べて反撃に遭うジグ。

店で出される料理もいいが、こういったシンプルなものも趣があるというものだ。

――ひとしきり浜焼きを楽しんだ二人が、締めに魚介の出汁を存分に使ったスープを飲んでいるときにそれは起きた。

「……ん？」

最初に気づいたのはジグだ。市場が騒々しいのは当たり前だが、活気に満ちた喧騒とは質の違う、どこか負の感じがする怒声にジグが反応する。酒が入っているにも関わらず、その目は鋭く周囲を見回した。

人が多い。一つずつの異変を探すのは困難だ。

そう判断したジグは一点を注視するのではなく、全体を見るように視界をぼやけさせた。

そうして浮かび上がった違和感に焦点を当てなおせば、遠くで言い争っているように対立する二つの集団があった。

「ジグさん？」

喧騒ではなく、ジグの変化にいち早く気付いたシアーシャが視線で問う。

「……あれは何の騒ぎだ？」

それの答えとして、行儀悪くフォークで指した方をシアーシャと男たちが見る。

反応は対照的だ。シアーシャは何だろうと首を傾げ、男たちはあぁ……と悟ったように声を漏らす。厄介ごと、というよりうんざりしたかのようなその反応を見るに、これまで幾度も起こってきた問題のようだ。

朝というには時間も経ち、買い物も済ませた客は面倒ごとから逃げるように帰っていく。客がいなくなれば店側も長居する理由はなく、手早く店じまいすると足早に離れていく。

そうして喧騒が無くなっていけば自然と諍《いさか》いの声だけが残り、ジグたちの耳にも届くようになる。

「おいおい、臭いと思ったら犬がいるじゃねえか……犬は勘弁してくれよ！　俺《おら》ぁ濡れた野良犬のクセェ臭いが大嫌いなんだよ。飯がまずくなるぜ！　飼い主はどうしたぁ？」

ズボンに手を突っ込んだガラの悪い男が下からねめつけるようにガンを飛ばす。重心定まらぬ体に隙だらけの立ち居振舞い、威勢はいいがただの素人だろう。どこにでもいるチンピラだ。

そう断じたジグの興味はチンピラが絡んでいる相手に移った。

「……金は、払う。我らにも店を利用する権利、あるはずだ」

身長は同じくらいだが、体の厚みが違う。がっちりとした体つきで、しかし鍛錬を積んで鍛え上げたものではない。生まれつき丈夫な肉体を持っている、いわばそういう種。

チンピラの言う犬というのは何も比喩表現ではない。服から覗く手足は茶色の毛に覆われており、その鼻先は尖っている。チンピラの侮辱に憤る口元からは牙が剥《む》かれ、頬肉は怒りに呼応するように痙攣している。

「ここは人間サマの市場だ。お前らケダモノが顔出していい場所じゃねえんだよ――薄汚ねぇ亜人共が！」

チンピラが吠え、周囲の取り巻きがそれに同調して責め立てる。

言い返そうとした獣の顔をした亜人たちだが、数が違いすぎる。やがて周囲を囲む一部の野次馬たちからも罵声が上がり始め、亜人たちは屈辱の表情を浮かべたまま去っていった。

「あーあーやだねぇ……いい気分だったのに、最後に詰まらねぇもの見ちまった」

一人がそう言って腰を上げ、周囲がそれに頷きながら片づけを始める。

「今のは？」

ごみの片づけを手伝いながらジグが問えば、男は杯に残った酒をまずそうに呷った。

「あぁ？　あれ知らないってこた、兄ちゃん結構田舎者だろ？　こっちじゃ珍しくもねえ、亜人嫌いの人間だよ」

亜人。馴染みのない言葉だが、状況的にあの犬人間たちを指しているのは間違いない。時折彼らのような容姿の者を見かけたことはあったが、今まで関わることはあまりなかった。言葉から連想するに、人の紛い物や人に準ずる生物という意味だろうか。戦争時に他国の人間を貶《けな》す罵倒に近いのかもしれない。

「亜人は嫌われているのか？」

「人による……けどま、俺らも正直良い印象は持っちゃいないがね。実際亜人が犯罪起こすことも多いしな。ただあそこまで毛嫌いするほどじゃないってだけさ。人間も亜人も、酒をまずくする奴ぁ全部糞だぜ」

そう言って片づけを終えた男たちは撤収していく。これから仕事をするようだが、あんなに酒を飲んで大丈夫なのだろうか。

「じゃあな、兄ちゃんと美人な嬢ちゃん！」

「ええ、また。美味しかったです」

去り際に手を振った男にシアーシャが控えめに返す。珍しいものも見られて美味しいものも食べられた彼女はとても満足そうに笑った。

「朝市、来てよかったですね」

「……そうだな」

先ほどの騒動はシアーシャの興味をそそるものではなかったらしい。

彼女の線引きは自分とその他という分かりやすいものだ。亜人も人間も、彼女は区別せず自分以外と考えているのだろう。魔女という性質か、それとも長く一人でいた間に築かれた価値観か。

ジグは初めて見たが、さして驚くようなことでもない。むしろあれだけ姿かたちが違ってもあの程度で済んでいるのかと思ったほどだ。

言葉の違い、文化の違い、肌色の違い。人は過去様々な理由で戦争を起こし、ジグはそれを間近で見てきた。

その争いに傭兵として雇われ金を貰い、どちらかに加担する。

しかしどちらに付こうとも、どちらにも同調したことはない。仕事が終わり、次の依頼は昨日まで争っていた国に付くといったことも幾度かあった。

争う理由に興味はなく、金払いのいい方に付く。そんな傭兵にとってどちらに道理があるかは重要ではない。

それが普通だった。

しかし種の違い、亜人と人間。戦争の起こせないこの地で、彼らの主義主張を聞いても自分はその立場でいられるのだろうか。

「ジグさん、まだお腹すいてますか?」

「……いや、行こう」

わずかに浮かんだ詮無い疑問はすぐに消え去り、今優先すべき者へ向く。

背後では勝ち誇ったようにチンピラが威張っている。そこには強者が弱者を追いやる、どこにでもある見慣れた光景が広がっているだけだった。

†

やはりと言うべきか、次の日もまだ賞金首は片付いておらず、狩場はいつにもまして混んでいた。

やむを得ずその日の仕事は軽めに切り上げ、ギルドで手続きをしているシアーシャを待っている時のこと。

「やあジグ。珍しい時間にいるね」

燃えるような赤髪の冒険者、アランが話しかけてきた。

ここいいかい？　という視線に頷いて返すと、アランは向かいの席に座る。

「早めに切り上げた。そういうお前は？」

今日は彼一人のようで周囲に仲間は見当たらない。

「休みなんだ。俺はちょっと知り合いに仕事の話で呼び出されてね」

そう言いながら周囲を見渡すが、相手はまだ来ていないようだ。

肩を竦めて飲み物を頼むアラン。

「少し遅れているみたいだから、話し相手になってくれないかな」

「連れが戻るまでならば構わんぞ」

「助かるよ」

そうして世間話に興じる。

話題は主に冒険業についてだ。

ジグたちの近況にアランが呆れながらも感心し、アランたちの経験談にジグが興味深そうに先を促す。

「そういえば賞金首のこと聞いた？」

「ああ、おかげでうちのお姫様がお冠《かんむり》だ」

先日の様子を思い出して苦笑いするジグ。

「あそこはただでさえ人が多いからね……ご愁傷様《しゅうしょうさま》」

「こっそり狩ってしまおうと意気込んでいたが、職員の強固な反対にあってな」

「賢明だね。無茶はしないに限る」

しばらくそうして話していると、こちらに向かう人影があった。

アランの待ち人が来たようで、片手を挙げて呼んでいる。

シアーシャはまだ来ていないが、邪魔をするのも悪いと席を立とうとする。

しかし聞き覚えのある声に動きを止めた。

「お待たせしてすみません、アランさん……っ!?」

「待たせたな兄貴。出がけに先輩に捕まっちゃって……え？」

「遅いぞ二人とも。付き合ってくれてありがとうジグ。俺はこれで……ジグ？」

動きを止めたジグに、アランが怪訝そうにするが、彼以外はそれどころではなかった。

特に声を掛けてきた二人組の動揺が激しい。

（本当に、世間は存外に狭い）。

内心でそう嘆息しながらアランの待ち人……セツとミリーナを見てため息をついた。

「もしかして、知り合いなのかい？」

「ああ、まあ、少しね……」

実際は少しどころではない諸々があったのだが、言葉を濁すミリーナ。

セツは険しい顔つきでジグを警戒しているが、ジグはそれに構わずミリーナに声を掛ける。

「兄妹だったとはな。剣筋が似ているとは思っていたが」

「あんたこそ、兄貴と知り合いなんだ？」

「色々と縁があってな」

ミリーナは、以前ジグと話したこともあり、過ぎたことを引きずらないタイプだと知っているので、そこまでの警戒はしていない。

置いてけぼりにされたアランが我に返る。

「面識があるなら話が早いね。妹のミリーナだ。ワダツミってクランに入っているんだよ」

「らしいな」

「今日はミリーナに、ワダツミからの仕事の話として呼び出されたんだけど、せっかくだしジグも聞いていかないか？」

「ちょっと、兄貴……」

仕事の話に部外者を同席させようとするアランに、ミリーナが苦言を呈す。

ジグもアランがそういうタイプだとは思っていなかったので、目を丸くした。

「待てアラン。冒険者でもない俺にそういう話を聞かせるのは、まずいんじゃないか？」

「うーん、仕事の話はともかく、ワダツミとの関係に影響がないとは言い切れないんだよね」

「なに？」

彼らとの交渉に自分が関係している理由が分からず、ジグが困惑する。

「兄貴、どういうことだ？」

ミリーナの問いにアランがにこりと笑う。

――しかし目は全く笑っていない。

「剣筋が似ているって言ってたよね？　それが分かるくらいミリーナの剣を見る機会があったようだけど……一体いつ、どんな理由でそんなことになったのか是非教えてほしくてね？」

「……」

ニコニコと自分を見つめるアランに、ミリーナが顔をひきつらせ、ジグは自分の失言に思わず顔を覆った。

「そういえば、つい最近ワダツミで乱闘騒ぎがあったって聞いたんだけど……セツ、何か詳しいことを知らないかな？」

「それは……」

口ごもるセツにアランは表情を変えないままだ。

笑顔のまま滲み出るアランの威圧に、セツとミリーナが身を強張《こわば》らせる。

「聞かせてくれるかな？」

二人はそのまま洗いざらいを吐かされることとなった。


「……なるほどね。色々話は繋がったよ」

二人の弁明を聞いたアランが頷いた。

あったことを説明するだけだが、二人は冷や汗をかいていた。

（やばい、兄貴がキレてる）

身内であるミリーナは、アランが怒りを抱いていることを敏感に感じ取っていた。

普段怒らない兄が珍しく怒っているというのも驚きだが、それがジグに関係しているというのもまた戸惑いを強くする。

やがて重苦しいため息をついたアランが口を開く。

「いいかい？　ジグは僕たちの恩人なんだ。一度ならず二度までも仲間の命を助けてもらった。その恩人にとんでもない無礼を働いたんだよ？　……これではワダツミとの関係も考え直さなくちゃいけないね」

「ちょ、ちょっと待ってください！」

セツがたまらず口を挟んだ。

アランたちのような有力な冒険者との繋がりは非常に大切だ。

クランに属していないのならば尚更。

自分たちの不手際で、その繋がりが断たれてしまったとあれば責任問題だ。

「……っ」

そう思って口を開いたが、アランの視線に言葉がでてこない。

そのやり取りを見ていたジグが、やれやれと助け舟を出した。

「その辺にしておいてやれ。もう何度言ったか分からないが、済んだ話だ」

「……そうはいかないよ。それじゃあ筋が通らない」

「俺が納得している。それ以上の筋が必要か？」

ジグの感覚は向こうの大陸特有のもので、アランたちに理解しろというのは難しい。

しかし周りからどう言われようとまるで気にしないジグが、同じ話を何度も蒸し返されることに少し苛立っている。それに気づいたアランは対応を変えた。

「……すまない。自分の意見をジグに押し付けてしまった。この話は終わりにしよう」

そう言って矛を収めるアラン。

セツたちも異論はなくこれで話は流れることになった。

（……彼の考え方はやはり異質だ。傭兵という職業だけでは説明がつかない。まるで、文化自体が違うところから来たみたいだ）

アランは横目でジグを観察しつつ、話を切り替えた。

「じゃあ仕事の話をしようか。ジグ、すまないけど」

「ああ。こっちも丁度連れが来た」

階段を下りてくるシアーシャの方を見ながら立ち上がる。

去っていくジグを見送ったアランが、ミリーナへ視線を戻す。

「……悪かったよ」

気まずげに言うミリーナの手を、アランが握りしめる。

いきなりのことに動揺するミリーナ。

「ちょっ、兄貴？」

「どこも怪我はしていないかい？　後遺症とかは？」

聞きながら全身を触って調べるアラン。

気恥ずかしそうにミリーナがそれを押しのける。

「だ、大丈夫だよ。少し筋肉痛になっただけだから」

「良かった……」

心底安心したように息をつくアラン。

すると今度は真剣な表情でミリーナの肩を掴んで言い聞かせる。

「いいかいミリーナ。クランの仲間のためというのは分かる。だけどな、戦う相手は選ぶんだ」

「……仲間を見捨てろってこと？」

兄の言葉に反感を覚えながら聞き返すが、アランは首を振ってそうではないと言葉を続ける。

「勝てない相手に無策で戦いを挑むのは、ただのバカがすることだ。搦《から》め手、交渉、謝罪でもなんでもいい。生き残れるように最善を尽くすんだ」

どれだけ惨めだろうとみっともなくとも生き残れと、アランは諭した。

実力も才能もある兄の言うこととはとても思えない台詞に、唖然とするミリーナ。

「彼は確かに恩人だけど、決して情で手を緩める相手じゃない。ハッキリ言って、お前が生き残っているのは運がいいか、最初から彼に殺す気がなかっただけだ」

「……それは」

「二人がかりでも届かなかったんだろう？　完璧に挟撃《きょうげき》に成功したのに、いいようにあしらわれたんだろう」

この二人に前後を挟まれて、まともに相手どれる剣士がいったいどれほどいるというのか。

少なくとも自分にはできないと、アランは確信している。

セツが思わず口を挟む。

「あと一息でした。もう一人いれば確実に……」

「そういうのは、ジグの本当の得物くらい引き出してから言ってくれ」

「……あっ」

呆れたアランの吐き捨てるような言葉に、セツが顔を青くする。

ジグはあの時足元に転がっていた剣を拾って使っていた。

そもそも彼が容疑者として挙がっていたのは、珍しい両剣の使い手だからだ。

（私たちは、あり合わせの武器を使っているだけの彼にすら届いていない……）

もしあの時、彼が両剣を手にしていたとしたら。

腕一本で振るわれた片手剣ですらあの重さだ。

重量のある両剣を受けていたらどうなっていたか。

想像し、今さら背筋が震えた。

自分たちがいかに綱渡りをしていたか、ようやく気付いた二人に、よく言い聞かせる。

「相手を見なさいとはそういうことだ。……幸い彼はこちらから手を出さなければ無害な上に、執念深いタイプでもない。以後彼との接触は細心の注意を払うように」

改めて危険人物だということを認識した二人は、アランの忠告に素直に頷いた。

†

「魔術を開発しようと思います」

その日の冒険業を終えた夜のこと。

夕食を済ませて宿に戻り、武器の手入れを済ませたジグがさて少し早いが寝るべきか？　と考えていると、シアーシャが突然扉を開け放ってそう宣言した。

「……その心は？」

理由を聞いてくれとばかりにちらちら目配せをしていた彼女へ尋ねる。生地の薄いネグリジェのような部屋着を着ている彼女をいつまでも部屋の外に置いておくのも良くないので、部屋へ入るように手招き。

「はい！　この前の大惨事を覚えていますか？」

彼女が部屋に入るのを横目にベッドへ腰かける。

「ああ、八つ当たりに魔獣を片っ端からミンチにしたやつだな」

賞金首への手出しを禁止されたシアーシャの鬱憤をぶつけられた魔獣たちは原形すらないほどの肉塊へと変貌し、討伐証明部位や有用な素材すら取れなかった。まさしく八つ当たりで、無益な殺生の極みである。

「私の扱う攻撃魔術では相手の損壊が酷いので、新しい魔術を開発したいのです」

「……そういえば、そんなことも言っていたな」

あの時はあまりの惨状と、その惨状から少しでもまともな部位を回収する仕事に追われていたので記憶が薄れていた。

「確かに、毎度あれでは効率が悪いからな」

言いつつも、彼女の境遇を考えれば無理もない。これまで彼女が戦ってきたのは人間だけで、自分を殺しに来た相手を生かして帰す道理もないのだ。当然その損壊を考慮した魔術など覚えているわけもない。

「ただの獣程度ならともかく、魔獣に通じるほどの魔術は加減が難しいんですよ……」

肩を落とした彼女が近づいてくる。何をするのかと見ていれば、手にした櫛をジグに握らせると股の間に座り込んだ。

「……」

他人に髪を任せることの楽さに味を占めたのかもしれない。またもちらちら様子を窺いながら頭をグイッとこちらに寄せる魔女様。

仕方なく櫛を通してやれば、猫のように機嫌よさげに目を細めている。放っておけば喉でも鳴らしそうだ。

「♪～　あ、それで賞金首もいますし、休みにして魔術開発をしようと思うんです」

本題を忘れていたのを思い出したのか、ついでのように付け足すシアーシャ。

「私の都合で勝手に休みにして申し訳ないんですけど……」

「構わんさ。俺とて毎日仕事をしていなければ死ぬというわけでもない。休みは歓迎だ」

懐の寒い休みほど辛いものはないが、幸い先日の依頼のおかげで金もある。偶《たま》には街をぶらぶらするのもいいだろう。

「えー本当ですか？　そう言ってジグさんが休んでいるところ見たことないんですけど」

艶のある濡羽色の髪に櫛を通していると、シアーシャが懐疑的な目で見てくる。

「……何を言う。休める時に休むのは傭兵の基本だ」

別に疲れているというわけでもないので仕事自体は問題ないのだが、シアーシャに言われるほど仕事人間というほどでもないはずだ。多分。

髪を梳《す》いていると薄い肌着から透ける白い肩口が目に入る。髪が肩に掛かり、白と黒の対比でより鮮烈に視界に焼き付く光景から目を逸らす。

「……体を冷やすなよ」

肩に毛布を掛けてやる。手の届く距離でこれは目の毒だ。

「はぁい」

生返事でされるがままのシアーシャに気づいた様子はない。男の劣情というものを知識程度にしか理解していない彼女にとって、これは信頼の証なのだろう。

女性経験は娼館で肉体関係のみというジグにとって、髪を任せるという行為がどれほどの意味を持つのかは分からない。

しばらく髪を梳いているうちに、いつの間にか寝入っていたシアーシャをベッドに運び、横たえた彼女の顔を見る。強力無比な存在である魔女でありながら、安心した寝顔は無垢で美しいものだ。

その信頼を裏切りたくはないと、そう思った。

†

今日も今日とて早朝の走り込みをするジグ。

休みと言えど日課は変わらないし、この生活を長く続けているため、やらないと落ち着かないのだ。

走り込みを終えると小休止を挟んでから武器を持って素振りを行う。

筋力トレーニングの意味もあるが、剣を使わない日があると感覚が鈍ってしまうのを防ぐためだ。

素振りとは言ってもただ闇雲に振るのではなく、仮想敵を見立てて実戦のつもりで戦う。

近頃は魔獣との戦闘も多くなってきたため、それ用の戦い方をイメージしておく必要があった。

当然だが魔獣と人間相手では戦い方がまるで違う。力も強く、人間相手のように首さえ刎ねればいいというわけでもない。

魔獣の種類も多いため、より臨機応変な戦い方が求められる。

しかし一方で人間相手の時のような狡猾さはかなり低いと言っていい。

追い立てたり誘い込んだりといった、狩りをする動物の本能ともいえる戦略は使ってくるが、人間相手のそれと比べれば児戯に等しい。

虚実入り交えた剣戟や、集団のどこを突けば一番痛手なのかなどを思考し、徹底的に突いてくる狡猾さは魔獣の頑強さや膂力《りょりょく》と比較しても劣るものではない。

つまり、どちらにおいても手は抜けないということだ。

魔獣の次は人間、そしてまた魔獣と仮想敵を変えながら訓練をする。

一頻《ひとしき》り剣を振って感覚を確かめ、ある程度満足のいったところで動きを止める。

「こんなものか」

日課を終えると冷たい井戸水で汗を流し、部屋に戻って準備を整える。

ちらりとシアーシャの部屋を覗いてみたが、床に座り込んで大量の紙に何かを書き込みながらぶつぶつ念仏を唱えるような声が聞こえてくる。

「……うむ」

そっと戸を閉め、邪魔をしないように足音を潜めて離れる。随分と集中しているようなのでそっとしておこう。

さて、依頼主殿は部屋にこもり切り。主だった用事は先日済ませてしまったのでやることもない。それでも部屋にこもっているのはどうにも性に合わないので、特に理由もなく街をうろつくことにした。

気になった店を冷やかしたり鍛冶屋に寄って武具を眺めたりして過ごす。

しばらくそうしていると体が空腹を訴えてきた。腹時計は正確に少し早い昼時を告げており、燃料を補給しろとぐずり始める。

「昼食はどうしようか……」

目に入る店を吟味しながら歩いていく。きょろきょろと首を動かし、鼻と目を使って探す。

さながら腹をすかせた熊のように、のそのそと吟味する。

ジグは大抵のものは食べられるし、苦手なものもほとんどない。戦時で食事が手に入らないことなどザラにあるので、腹さえ満たせれば文句はない。

それでも好みはあり、美味いものが食べられるのならばそれに越したことはない。精神や肉体など、色々とすり減らす傭兵は命を危険に晒した代償行為とばかりに、平時は積極的に欲を解消する。女、博打、酒……そして食事。

ジグは主に食事を求め、それがなければ女を買う。

向こうにいた頃は戦争で田畑が焼かれ、食事が満足に取れないことも多かったので娼館を利用することも多かった。しかしここでは魔獣の被害はあれど、基本的に食が豊かだ。

自然ジグの欲求解消は食に集中し、極稀に娼館を利用する程度に収まっていた。

「む？」

昨晩は肉料理を食べたので魚だろうか？　などと考えながら通りを歩いていると、気になる匂いがジグの鼻をくすぐった。

その香りに誘われるように大通りから少し外れた道を行く。嗅覚を頼りに匂いの出所と思しき場所に着くと、やや手狭な肉料理店らしき店が見つかった。

香ばしい香りが実に食欲をそそるが、肉料理は先日食べたばかりだ。

「……昨日肉を食べたからと言って、今日肉を食べてはいけない法はない」

ジグも男の子、肉は大好きだった。

師にはバランスよく食べろと言われてきたが、それはそれだ。

意気揚々と扉を開けて店に入る。

「……らっしゃい。好きなところに座ってくれ」

カウンター席しかない店のようで店員はおらず、店長と思しき髭を蓄えた男がいるだけだ。

お世辞にも愛想のいい接客ではないが、こういう店はむしろその方が合っている。食事さえ出してくれればそのあたりは気にならない。

ジグの他に客は二組だけなので、空いている席に適当に座ろうとする。

しかし来客に気づいてこちらを見た客が声を掛けてきた。

「おぉ？　ジグじゃねえか」

聞き覚えのある声に視線をやれば、そのうちの一組は知り合いであった。

「奇遇、だな」

「ああ。グロウは久しぶりだな」

「こっち来いよ。一緒に飯食おうぜ」

ベイツとグロウに声を掛けられてジグも隣に座る。グロウの方は初日以来だったので随分久々だ
「……注文は？」

「あー、おすすめはあるか？」

店長に注文を聞かれて、すぐに思いつかなかったので聞いてみる。

彼は髭をさすりながら目を眇めると、分厚い包丁を拭いて頷く。

「……今日は牛ヒレのいいところが入っている」

「ではそれを使った料理を適当に三品ほど頼む」

雑な注文にジロリと店長がジグを見る。

「量、結構あるぞ？」

「見た目以上に食べる方だ。問題ない。ああ、追加でサラダも頼む」

誰にともなく、言い訳のように野菜を頼んで食のバランスをとる。

ジグがそう言うと店長はそれ以上何も言わずに黙って調理に移った。

「派手に、やってるらしい、な」

グロウが言葉少なに聞いてくる。

「まあな。先日はそちらで騒いですまなかったな」

「お互い、済んだこと。こっちも、ミリーナが世話になった」

「なに、お互い様だ」

やはり経験を積んだベテランは話が早い。

短いやり取りでこの件を流すと、それを見たベイツが話に混ざってくる。

「実際あんたらの昇級スピードは相当なもんだぜ。素人じゃねえのは分かっていたが、シアーシャちゃん前は何やっていたんだ？」

「さてな」

冗談めかして聞いてくるベイツを適当にはぐらかしたジグ。

軽い口調とは裏腹にかなり興味深く聞いていたベイツも、その意味を理解しそれ以上深くは聞いてこない。

ベイツは気を取り直して話題を変える。

「いや、立ち入ったことを聞いたな。そういやジグは傭兵だっけか？　お前みたいな傭兵は初めて見たが」

「こっちの、傭兵は……アレだから、な」

「そうらしいな。こっちじゃ戦争が起きないようだから無理もないが」

ベイツとグロウは不思議そうな顔をする。

生まれついてから魔獣がいない場所など聞いたことがない二人にとって、魔獣のいない地というのは想像ができないのだ。

「魔獣のいない場所では、未だに戦争、あるのか」

「戦争ねぇ……魔獣が出ないほどの僻地なんて想像もつかねえんだがな……まあそれはいいとして、戦争なんて一度も見たことがねえから、どんなもんかも分からねえんだよ。その辺聞いてもいいか？」

「構わないが……飯時にする話ではないぞ？」

ジグはさして気にする方ではないが、進んで話したくなるほど酔狂でもない。少ないとはいえ他に客もいるので店に迷惑をかけるのは避けたい。

ジグがわざわざストップをかけたことに、ベイツが僅かに怯んだ。

「……そんなにエグい話か？」

それでも興味が捨てきれないベイツの様子に、少し考えてから言葉を選んで話す。

「そうだな……戦争が激化すれば目前の対処に手一杯になる。当然、片付けが疎かになるから

・・・・ナマモノが傷みやすくなる。俺が冒険者の仕事を手伝って最初に思ったのが、いくら臭くても新鮮なナマモノは遥かにマシってことだな」

「……」

大分ぼかして伝えられた情報だが、それでも食欲が失せるのは間違いない話だ。

ベイツも修羅場は何度も見てきたのでそれで吐き気を催すほど軟弱ではないが、どうやら人間相手の大規模な戦いは魔獣討伐とは質が違う凄惨さのようだと感じた。

「……よし、今みたいな感じでぼかして概要を話してくれ」

それでも聞きたいと思ってしまうくらいには、ベイツも好奇心がある方だった。

「すまん。ベイツは、臭いものの蓋を開けたくなる、タイプなんだ」

「そのようだ。まあ直接的な表現を避けて話せば問題あるまい」

その後はジグが傭兵という職業と戦争というものを説明した。

依頼主のことは基本的に話せないが、数ある仕事の一例や国が広く傭兵を募ったような誰でも知っている依頼は話しても問題ない。

ただ立っているだけの依頼から、どこぞの犯罪組織へかち込む鉄砲玉のような仕事まで。

死亡を確認するために、文字通りドブをかき分けながら犯罪組織の首領の死体探しをしたことなどを、表面的に話した。

具体的に話すと死体の指の数が合わない、死体偽装の可能性はないか、などと探し回りそこに住んでいた魚の腹を手当たり次第に掻っ捌いてようやく見つけたというおまけ話もある。

「なんつぅか、手広くやってんなお前さんも」

「信用が大事な、仕事というのは、納得だ」

一通り聞き終えた二人がしみじみと頷いている。

冒険者もギルドからの評価が大事な職業なので、共感できる部分があるのだろう。

「……おまち」

「おいおい、すげえ量だな。食いきれんのか？」

話に一区切りついたところで料理が運ばれて来た。横にも縦にも広い体格の店主が一度に二つしか持てないほど、と言えば料理の大きさが伝わるだろうか。二度に分けて運ばれた料理は奥行きのあるカウンターを存分に埋め尽くしている。

「いいな。これは期待できる」

牛ヒレのステーキとシチュー、そしてローストビーフ。どれもボリュームがあり実に旨そうだ。

早速ステーキを大きく切り分け、口に運ぶ。

やわらかい肉を噛みしめると濃縮された旨味が口いっぱいに広がった。

「……やはり、肉だな」

食べるたびに体に活力がみなぎるようだ。体が資本の仕事は肉を食べねば力が出ない。

「次はそっちの話を聞かせてくれ」

冷めてしまうのはもったいないので、話のバトンを二人へ渡して食事を再開する。

付け合わせの野菜を合間に挟みながら次々にステーキを咀嚼していく。

ヒレ肉は脂身こそ少ないが、柔らかく赤身を味わうならこれ以上のものはない。

熱々のシチューに口内を軽くヤケドしながら、ほろほろに煮込まれた肉と野菜を頬張りパンに絡めて飲み込む。

箸休めにローストビーフを一枚。こちらも程よいレア具合で後を引く。サラダを肉で包んで食べるとすっきりしていていくらでも入りそうだ。

パンに肉とサラダを挟んで即席ローストビーフサンドにすれば、これがまたシチューと合う。

思い思いの食べ方をしながらどんどんジグの胃袋に収まっていくのを、二人がやや引き気味に見ている。

この店の料理は決して少なくない。一品で十分成人男性一人が満腹になれる量だ。

それを三品、勢いが衰えることなく食べ続けるジグは健啖家の冒険者二人をしても異常だった。

「店長。パンとシチュー、後サラダお代わりだ」

「お、おう」

そのうえお代わりまでするときた。店長はたじろぎながら奥へ引っ込んでいく。

食べ終わるのを待っていては話を始められないと察したベイツが切り出す。

「そういや例の賞金首、うちでも人を出してるぜ。やっとこさ場所も見当がついてな、今日決行のはずだ」

「ほう。ワダツミから見ても旨い相手なのか」

水を飲んで一息ついたジグが興味を示した。

彼らの儲けというより、ようやく邪魔者がいなくなることに期待してのことだ。シアーシャが我慢の限界を迎える前にいなくなってもらわないと困る。

「金額的にはそれなり程度の相手さ。暇なら倒してもいいが、わざわざクラン動かすには儲けがイマイチってのがうちの事務《カスカベ》の計算だ。ただ止めもしねえから、どっかと手を組んでやる分には一声かければ好きにしていい……その程度だな」

ということは金銭とは別に理由があるということだ。ジグは少し考えてみたがいまいち利点を思いつかなかった。

なので視点を変え、利益ではなく不利益に意識を向ける。蒼双兜に生きていられると困る理由には思い当たることがあった。

「ワダツミは有望な若手を優先的に支援しているんだったか？」

「御名答」

ベイツはそう言って酒を呷り、グロウが話の後を継ぐ。

「若手の多くは、七等級だ。そこに賞金首狙いの冒険者が、沢山来た」

「そっちも狩場が飽和して困っているのか」

七等級自体の人口が多いため狩場を変えれば解決というわけにもいかない。

また上の等級に挑むというのも難しい。

シアーシャが異常なだけで、本来は腕に自信がなければ上の等級へ挑むのは危険な行為なのだ。

七等級は一つの壁になっているのもあって、無理をすることを避けるのがほとんどだった。

「そういう訳だ。うちの若いモンから獲物の取り合いになっちまうって陳情がわんさか挙げられてきてな。こっちも対処する必要が出てきた」

「というと、お前たちがやるのか？」

「俺とグロウはこれから別件でしばらく手が離せねえ。今回は経験を積ませるって意味合いも兼ねてミリーナとセツに音頭を取らせている」

「なるほどな。あの二人なら腕は問題ないだろう」

個々の実力もさることながら、二人の連携は見事な物だった。

蒼双兜やらがどの程度強いのかは知らないが、アレを倒そうと集まっている他の冒険者たちと比べても見劣りしてはいないだろう。

ベイツはそれを聞いて笑った。

「才能がある分ちょいと調子に乗りやすいのが玉に瑕《きず》だったんだが……最近高くなっていた鼻を誰かさんに圧《へ》し折られてからめっきり謙虚になっちまってな。周りが見えるようになったみたいだし、人をまとめる難しさを知ってもらおうと思ってな」

「面倒見のいいことだ」

「俺たちの、仕事」

そう言って杯を傾けるグロウの表情は、どこか誇らしげにも見える。

ベイツも満更でもなさそうにしていたが、少し顔を曇らせた。

「……本当なら俺たちも付いていって様子を見てやりてえんだがな。今からどうしても外せない仕事が入っちまってな」

近くで後輩たちを見守れないのが、本当に心配なのだろう。普段は陽気で表情を崩さないベイツが、不安げに少し沈んでいた。

「誰か知り合いの冒険者に頼まなかったのか？」

「それをアランたちに頼もうとしたんだがよ、向こうにも用事があって断られちまったんだよ」

（先日アランが呼ばれていたのはそれか）

アランが待ち合わせていたというセツとミリーナ。仕事の話と言っていたが、おそらくこのことだろう。

実力のある冒険者パーティー、それもクランメンバーの身内なので信頼性も申し分ない。

彼らが受けなかったのは本当に忙しかったのだろう。

話を聞きながら、ジグは行儀悪くもシチューの器をパンでふき取るようにして食べて食事を終える。味と量、どちらも満足のいく料理だった。

隠れた名店を見つけられたことに喜びながら、食後の茶を啜っていると視線を感じた。

「……なんだ？」

視線を注いでいたのはベイツたちだった。

まるで思わずちょうどいい物を見つけたかのような顔をしている。

「お前、今日暇だよな？」

「……まあ、一応」

「傭兵って金さえ払えば何でもやるんだよな？」

「……仕事内容に見合った金額かつ、公的機関等に追われる恐れのない仕事なら、な」

彼らの意図を悟ってため息をついたジグ。

嫌気がさしたのではない。結局休みの日まで仕事が来て、そしてそれを受けようとしている自分に呆れたのだ。

これでは本当にシアーシャのことを言えない。

そんなジグの内心など知らぬ二人が前のめりに迫る。

「なら、仕事を、頼みたい」

「……それは構わないし、金額次第だが多少の無理も聞こう。……だが俺一人では転移石板を使えないぞ？」

ジグはあくまで部外者であり、冒険者ではない。

同行者申請を利用しているただのおまけである都合上、一人で行くことはできないのだ。

当然それを理解している二人は代案を出してくる。

「問題ねえ。主力はジグなんだから適当な若いの見繕っておくよ。最低限、自分の身くらいは守れる奴ならすぐに手配できる。報酬に関しては……」

ベイツが相方を見、それを受けてグロウは頭の中で計算する。

仕事の危険度とジグの力量、急な仕事である点を加味した金額を告げる。

「前金で、二十。成功報酬で、さらに二十。これは、何も起きなかった、場合だ」

「イレギュラーはその内容次第で要相談……ってことでどうだ？」

「ふむ」

ただ見ているだけでも四十というのは悪くない。トラブルが起こっても手当てが出るという言質もある。

ジグは手を差し出す。

「ここの払いも持つのならば、その依頼受けよう」

「……ちゃっかりしてやがるぜ」

その手をベイツが握り返して契約は結ばれた。

「いつ出発する？」

「あいつらはもう出発してるからな。可能なら今すぐにでも行きてえ。お前の都合次第だ」

「では準備ができ次第ギルドへ向かおう。案内役の手配は任せたぞ」

仕事が決まれば動くのは早い。

ジグは宿に戻って準備するために席を立つ。

ベイツたちも支払いを済ませると、クランハウスに戻って手頃な冒険者を見繕うべく動き出した。


宿に戻り準備を手早く済ませる。

シアーシャに声はかけたが、生返事が返ってきただけだったので説明は後回しにする。

基本的な荷物は冒険業が終わった日に次の仕事の準備を終わらせているため、時間はさしてかからない。

手早く準備を整えて宿を出ると、足早にギルドへ向かった。

昼時のためギルド内は冒険者が少なく、一般の業者がちらほらいる程度だ。

ベイツたちはジグが来たのに気づくと、案内役と思しき男を連れて近づいてくる。

「おう、早かったな。こいつが案内役のケインだ」

彼らが連れて来たのは知っている顔だった。確か以前ワダツミで乱闘騒ぎを起こした時に、ジグが武器代わりに振り回した冒険者だ。

ケインもその時のことは憶えている……というより、忘れられるはずもないだろう。

苦い表情を隠そうとしてしかめっ面になってしまっている。

「……どうも」

「ああ、頼む」

気づいてはいるが、ジグにとってその話は済んだことなのでまるで気にしていない。

それがなおのことケインを絶妙な気持ちにさせるが、表に出すのもなんだか悔しい気がして顔を顰めるしかないのであった。

ケインの内心の葛藤を悟ったベイツが笑う。

「まだ若いが自分の身くらいは守れる奴だ。……後は頼むぜ？」

「まかせた、ぞ」

念を押すようにする二人に無言で頷いて歩き出す。

その後を慌てて追いかけるケイン。

二人が転移石板を使って移動したのを見届けると、ベイツたちも自分の仕事に向かう。

「おっと、時間やべえ。急ぐぞグロウ！　遅れたらどやされる」

俺たちは俺たちの仕事をしようぜ？」

「ああ……大丈夫、だよな？」

心配性のグロウが未練がましく転移石板の方を見ているのを、ベイツが笑い飛ばす。

「心配すんなよ。この前話したろ？　腕以上に、仕事って点で信用のおける奴だよ。俺たちは俺たちの仕事をしようぜ？」

ケインの先導で森林の奥地へ向かう。以前シアーシャが暴れた場所からは大きくそれているようだ。

戦闘の痕跡はあれど、道中の魔獣はほとんどが倒されていて障害はない。おそらくワダツミの討伐部隊が倒してしまったのだろう。

「参加しているのは何人だ？」

「十四人いる。ミリーナさんとセツさんが六人ずつ請け負っていて二部隊での行動って話だ」

「何故分けているんだ？」

「賞金首は番だから、もし同時戦闘になった時にスムーズに分散できるようにするためらしい」

走りながらケインに状況や人数などを確認していく。

途中ふと気になったことを聞いてみる。

「お前は参加しなかったんだな。それにしては内容に詳しいが……」

ジグが何気なく聞いたことにケインが更に渋い顔になる。

何か機嫌を損ねるようなことを言ってしまったのだろうかと首をかしげるジグ。

「参加する予定だったんだが、武器がない。……あんたに壊されたせいで」

「それは、なんというか……済まなかったな」

先日ワダツミでジグが拾い上げた片手剣。あれは最終的に弓での狙撃で破壊されてしまったが、それはどうやらケインのものだったようだ。当然武器が無くては参加できるはずもない。

代わりの武器の貸し出しくらいはワダツミもやっているが、賞金首と戦おうというのに手に馴染んでいない得物で挑もうと思えるほどケインは無謀ではない。

泣く泣く参加を見送ったが、気になっていたため作戦や場所などの情報に未練たらしく聞き耳立てていたというのが真相だ。

それが何の因果かジグの役に立つというのだから本当にやるせない。

だが彼に当たるのは筋が違う。そのため彼は悶々とした気持ちを抱き続けることになってしまった。

その思いを振り払うように話題を変える。

「あんたはどう動くんだ？」

「そうだな……基本は傍観。多少の横槍が入る程度なら手を出さないつもりだ」

この手の仕事で不測の事態というのは付き物だ。

それが起きるたびに助けられていたのでは一人前の冒険者とは言えないし、本人たちも望まないだろう。

「戦況が傾いて敗色濃厚になったら撤退の援護をする。または重傷者が出ればその救助、このくらいだな。死人が出ないようにしてくれとベイツには頼まれている」

ケインもその判断基準に不満はない。

ただ自分が本当に案内だけして何もしないというのも居心地が悪いので、何かやることがないか尋ねた。

「俺はどうすればいい？」

「重傷者の補助を頼む。場合によっては背負って運んでやってくれ」

もし重傷者が出るほどやられていたのなら、他の面子も自分のことで手一杯だろう。

経験を積ませるといっても死んでは何にもならないため、この辺りが落としどころだろうか。

「分かった。あんたの指示に従う」

ケインは感情の割り切りはともかく、優先すべきことを理解できる男のようだ。

わだかまりや思うところがあっても、自分のなすべきことを弁えている彼にジグは好感を持った。

実力があっても信用ができない者というのは、実は結構いる。腕がいいだけに調子に乗って物事の優先度や潮時を見誤る者などはまさにそれだ。

ケインは実力こそまだ未熟だが、仕事という点で信用できる男だとジグは判断した。

「ああ、任せたぞ」

「……お、おう」

思いのほか機嫌よく頼まれたので、多少困惑しながらケインが頷く。

そうこうしているうちに追いついてきたようだ。

討伐隊は道中の魔獣を処理しながら進んでいるため、歩みが遅くなる。その後を追うだけのこちらが早く着くのは当然であった。

近づくにつれて何かが暴れるような音と、幾人かの声が聞こえてくる。

「っ！　始まっているな」

すでに戦闘が開始されているようだ。ケインが興奮気味にその戦闘を観察している。

木陰に身を隠しながらジグは、ミリーナたちが交戦している魔獣を見た。

「……ほう、あれが」

名前からしてカブトムシやクワガタのような見た目を想像していたが実際は違った。這うのではなく、狂爪蟲と同じ直立歩行タイプの魔獣だ。

強靭な脚に支えられた蒼い光沢を放つ甲冑のような胴体。

前腕とは別に人間でいう脇腹のあたりから一対の腕が生えている。

頭部には見事な頭角が二本。

所々に古傷と思われる跡が走り、凄味を一層増していた。

「なるほどな。この辺りの魔獣とは格が違う」

賞金を懸けられるにふさわしい風格を漂わせた魔獣だった。

全方位から与えられる攻撃をものともせずに反撃する蒼双兜。振るわれる爪や角は必殺の威力を持っているが、速度は大したことが無いようだ。ミリーナたちや他の冒険者たちも危なげなく躱している

「ミリーナ、仕掛ける！」

打撃、斬撃が有効ではないと判断したセツが相方に声を掛けると、自分は術を唱える。

その間にミリーナ他数名が前に出て、蒼双兜の攻撃を引き付けにかかった。

「せいや！」

身体強化を引き上げて斬りかかると、効果が薄いと分かりつつも激しい連撃を叩き込んだ。

鋭い剣戟が耳障りな音と共に蒼い破片を宙に舞わせる。

僅かだが甲殻に傷をつけたミリーナを脅威とみなした蒼双兜が彼女に狙いを移す。

彼女は鉤爪が振るわれ頭角が突き出されるのを躱し、捌く。その隙を突いた仲間が関節を狙い槍を刺し込む。

甲殻を貫くほどの威力はないが、攻撃の出鼻をくじかれた蒼双兜が鬱陶しそうに槍をへし折ろうとするが、その時には距離をとっている。

（硬いし力は凄いけど、遅い！　これなら……）

仲間の援護もあり蒼双兜の攻撃を余裕をもって凌ぐミリーナ。

やがて詠唱が終わったセツが合図を出し、巻き込まれないように大きく距離をとる。

それを確認してセツと他の術師が魔術を放った。冷気を纏った氷弾がいくつも撃ちだされ、蒼双兜の足に直撃する。

初めの数発は薄く表面を覆うだけに留まったが、続々と当たる氷弾が徐々に凍り付かせ、ついには足を地面へ縫い留めた。

下半身を固定された蒼双兜がバランスを崩して前腕を地に着ける。

「ミリーナ！」

セツの声に突き動かされるようにミリーナが駆けた。

「はぁぁぁぁ！」

裂帛《れっぱく》の気合と共に振るわれた長剣が凍り付いた足を狙う。

身体強化をスイングの一瞬だけ急激に引き上げた一撃は、甲高い音を立てて氷ごと蒼双兜の片足を打ち砕いた。

巨体を支える足を失い、完全にバランスを崩した蒼双兜が地に倒れ伏す。

「……凄い！」

一連の戦闘を食い入るように見ていたケインが手に汗を握る。

賞金を懸けられるほどの強力な魔獣相手に一歩も引かない戦いぶりに滾《たぎ》らずにはいられない。

(特にミリーナさんとセツさんのコンビは群を抜いているな!)

あそこに自分が混ざれなかったのが残念でならない。

「……」

興奮するケインとは対照的にジグは静かにそれを見ている。

「どうかしたのか?」

その様子を怪訝に思ったケインが聞くと、ジグは肩を竦めた。

「……思ったよりも弱いと感じてな。少し拍子抜けだ」

「そりゃ、あんたからすればそうかもしれないがな……」

呆れたように言うケインにジグがかぶりを振る。

「いや、そうではなくてな。……例えばケイン。お前ならあの魔獣と戦闘になったらどうなる?」

いきなりな質問に面食らうが、ふざけた様子のないジグを見て真面目に考える。

あの魔獣と正面から相対したときをイメージし、自分と相手の戦力差を鑑みて答えた。

「……勝てるわけがない。俺の攻撃じゃまともにダメージが通らないよ」

「では、逃げることもできずに殺されるか?」

極端な物言いだが、その言葉の意味を悟ったケインが不審そうな顔になった。

「……いや、逃げるだけなら簡単だと思う。いくら力が強くてもあれなら俺でも避けられる」

「だろうな」

ジグはそう言って倒れたままもがく蒼双兜を見た。

(防御と力だけで鈍重なタイプ……には見えなかったんだがな)

あの程度なら賞金首にするほどの危険性とは思えない。

しかしそこでとあることを思い出す。

「番という話だったが、もう一匹はどこだ?」

「そういえば……」

†

「でたぞ!　もう一匹だ!!」

セツとミリーナが身動きを満足に取れない蒼双兜を確実に仕留めようとしていた時、周囲を警戒していた一人が声を上げた。

すぐに全員がその場を離れ距離を取る。

そこへ草木を薙ぎ倒しながら、先ほどの個体よりも一回り小さい蒼双兜が現れた。

全体的に丸みを帯びたフォルムをしており、最も特徴的な頭角がない。その代わり口元に太く短い牙のような角が生えている。

おそらく雌と思われる個体だ。

雌は興奮した様子で足踏みをした後、勢いをつけて突進する。

その速度は中々に速く、雄以上だ。

「足のない方は放っておいて構いません、こちらに集中攻撃！」

即座に指示を出したセツに従い、ワダツミの冒険者が動く。

雄の方は脚を砕かれもう片脚は凍り付いているので無視しても問題ない。

それでも万が一を考え、徐々に距離を取りながら雌と戦う。

体格から見ても雄と比べて、雌の方が戦闘能力が低いのは明白だ。雄を問題なく下した面子ならば負ける道理もない。

そのはずなのだが。

「……こいつ、強い！」

ミリーナが雌を引きつけながらその攻撃を躱す。

しかしそこには先ほどまでの余裕などなく必死だ。

力や硬さこそ先ほどの雄より見劣りする。しかし速度と、何より技量が違った。

四本の腕が別々に襲い掛かる。

ただ滅茶苦茶に振り回しているのではなく、その動きには多少だが知性のようなものを感じる。

「先ほどと同じ手順で攻めます。準備が出来たら合図を！」

ミリーナだけでは押し切られると判断したセツが援護に入る。

二人がかりの攻撃に雌の猛攻が抑え込まれる。

鉤爪を掻い潜って反撃で入ったサーベルと長剣が甲殻を大きく削り取った。

しかしそれに怯んだ様子も見せず、雌は攻め続ける。

痛みがないのか、負傷をまるで恐れない苛烈な攻めはワダツミの冒険者たちに極度の緊張をもたらした。

†

「なるほど、二匹込みでの賞金首という訳か。しかし……」

「あれじゃあ雌の方がよっぽど強いじゃないか」

ケインの言う通りだ。あの戦いぶりを見るに、身体能力で劣っている点を考慮しても雌の方が雄よりずっと強敵だ。

魔獣同士ならば正面からのぶつかり合いなので細かい技より力と硬さ、というのは理解できるのだが。

（それにしても違和感がある）

ジグはその感覚を拭いきれなかった。

あの雄を見た時は本当に強敵だと思ったし、ジグの勘もそう告げていた。

しかし実際に戦ってみればあの有様。

魔獣がどうかは知らないが、昆虫で雌の方が強いのはよくある話ではある。

しかしそれは体格が大きいなどの理由があってこそだ。

「不自然に弱い理由……寿命か、病か」

足を失い、弱々しくもがく雄を見ながらそのあたりだろうと考える。

強者の末路とは案外こんなものだろうとよく知っているジグは、動くことすらやめて丸くなった蒼双兜を見ていた。

「よし、あと一息だ！」

ケインの声に意識を戻す。

いつの間にか戦闘も終わりが近づいていた。

脇から生える腕の片方は凍らされ、もう片方は中ほどから斬り飛ばされている。手数の減った雌はなおも抵抗しているが、戦いの趨勢は見えたと言っていいだろう。

雌の暴れようは凄まじく、何人かの前衛は避けきれずに負傷して下がっている。

しかし全員重症には至らず、自分で歩いて移動できないほどの者はいない。

ミリーナとセツが上手いこと注意を引き付けたおかげで、最小限の被害で済んでいる。

仲間の何人かが武器を砕かれて戦線を退くのと引き換えに、雌の一対の腕を封じることに成功した彼女たちは堅実に魔獣の体力を削りにかかった。

「セツ、いける」

とうとうミリーナ一人でも抑えられるほどに消耗した蒼双兜。セツは相方の視線を受けて下がると、他の術師たちと術を組み始める。

先ほどの雄と同じ戦法だ。

雌が最後の抵抗とばかりに渾身の一撃を振るうが、悪足掻きにしかならなかった。

消耗して動きの鈍った甘い攻撃を見逃さずにミリーナが動く。

鉤爪の軌道から身を逸らしつつ懐に入り、長剣を腕の内側に合わせるように滑り込ませた。

肘の内側、関節を狙った斬撃が雌の攻撃の勢いも乗せて腕を斬り飛ばす。そのまま魔獣の後方に抜けて距離を取った。

その瞬間、セツたちの術が解放される。

氷の槍が幾本も打ち出され、魔獣の甲殻を穿《うが》つが防御態勢をとった雌はそれでも耐えている。

大した耐久力だ。

「喰らえ！」

しかし動きの止まった魔獣など的でしかない。

セツの放った一際大きい氷槍が身動きの取れない蒼双兜の胴に直撃する。氷槍はそれまでどんな攻撃も防いでいた胸部甲殻を突き破り、串刺しにした。

全身から緑色の体液を流していた蒼双兜はそこでようやく動きを止めた。

雄の方も既に事切れているようでピクリとも動かない。

「……よし、成功だ！」

しばらくその様子を窺って擬死でないことを確認すると、ミリーナたちが声を上げた。

他の冒険者たちもそれを聞いて歓声を上げる。

大きな稼ぎを得られるのもあるが、自分たちだけで大物を仕留めたという満足感が彼女たちを沸き立たせた。

とりわけミリーナとセツの興奮は大きい。

ベテランたちの手を借りずに若手だけで成功したという事実は、彼女たちにとって大きなものだった。

「これであいつらにでかい顔されずに済むな」

「……ええ。私たちだけでも十分やれます」

ワダツミは若手を優遇しているクランだ。

しかしそれはあくまでクランの方針であって、全員が全員それに納得している訳では無い。

誰かを優遇すれば誰かが割を食うのは当たり前のことで、ワダツミではそれが常に古参たちだった。

自分の利益を上げたいものからすれば、何の苦労もなく御膳立てをしてもらえる若手に反感を持つのは無理もない。

無論、たとえ御膳立てしてもらおうと結局は本人たちの努力次第なので苦労をしていないわけではない。

しかし何かあったとしてもクランが支えてくれるという精神的な安心は非常に大きいのだ。例えばクランに所属していない冒険者は狩りが上手くいっても装備の消耗と諸経費、利益が釣り合わなければ働くほどに貧していく。駆け出しの冒険者に金を貸してくれる者などおらず、いたとしても法外な利子がつきもの。

クランならば装備を借りることも、足りないメンバーを紹介してもらうこともできるので、闇金に手を出す心配もなく計画的に依頼ができる。

そうした苦労を一切していない若手を、いつまでたっても一人前扱いしない古参連中は、ワダツミでさえそれなりにいる。彼らの助けなしで大きな仕事を終えられたことは、ミリーナたちにとって大きな一歩だった。

若い冒険者たちもそういった古参たちとは仲が悪い。彼らは元が才能ある者たちをカスカベやベイッたちが勧誘していたので、自分の腕に少なからず自信がある。いつまでも半人前扱いして自分たちを軽んじる古参たちに鬱憤を溜め込んでいた。

ミリーナとセツも例外ではない。二人はお互いの健闘を称えるように笑顔で拳をぶつけ合う。

これで自分たちの見られ方も変わる。

しかし今は目の前の喜びを分かち合いたかった。

——音が、響いた。

「……え？」

何かが脈打つような音。

歓声を上げる冒険者たちにもそれが聞こえたようだ。

静まり返った彼らが音の出所を探る。

——地面が、揺れた。

「あ、あれ……！」

もう一度、更に大きく響いたその音。気づいた者が声を上げ、皆がそちらを見る。

音は蒼双兜の雄の死体から出ていた。

脈打つ音と共に震える死体。

その背が徐々に盛り上がり、めきりという音をさせながら背中が裂けるように弾けた。

しかし吹き出るはずの緑の血はなく、代わりに裂けた背中から黒い何かがもたげるように姿を現す。

一見するとナナフシのような形をしている。

細長い棒のような体。

更に細い手足が六本、体を支えるように蒼双兜の背に置かれた。

ゆっくりと、サナギから抜け出るように黒い何かがその全貌を見せた。

節くれだった手足、棒状の体で全長は蒼双兜を上回るほどある。

何よりおかしいのはその体色だ。

どろついた黒い見た目をしており、靄《もや》のようなものが体を包んでいる。

その黒い何かは赤い目を動かしながら、呆気に取られて動かないミリーナたちを見た。

生理的な嫌悪と、それ以上に背筋を走る悪寒にセツが叫ぶ。

「っ、防御術用意!!」

悲鳴のような声に我に返り、慌てて術を組むワダツミの冒険者。

自身も術を組みながら、セツが正体不明の敵への対処法を考える。

（……あんな魔獣は見たことがないです。少なくとも肉弾戦は向いていない、術タイプの魔獣ですね。第一波を防いでから反撃で一気に潰します。あの見た目なら耐久はないはず）

セツの考えを余所《よそ》に、黒い魔獣は節くれだった細い腕を向けた。

†

「……なんだあれは？」

ジグはぞわりとした感覚を背筋に覚え、その様子に口を開いた。

ワダツミの冒険者たちが勝ったと思ったら、雄の死体から別の魔獣が出てきた。

「寄生虫……にしてはデカすぎるな」

しかし脱皮というには姿が変わりすぎている。

だが明確な敵意を感じるのは間違いない。

ジグと同じく唖然として見ていたケインがハッとする。

「……もしかして、魔繰蟲《まくりむし》……なのか？」

「知っているのか？　あれを」

ジグに聞かれたケインの歯切れが悪くなる。

知識としてはあったが、聞いていたものと大きく違ったためだ。

「寄生生物だよ。魔力を食うために他の魔獣に寄生して、ある程度行動を操れるらしい。……ただ、俺が知ってるのはもっと小さい奴だ」

「大きい個体は珍しいということか？」

「少し違う。正確には魔繰蟲自体はかなり弱い魔獣なんだ。強い魔獣に寄生できるほどの力もないし、成長しても七等級相当の魔獣にしかならない……はずなんだけど」

そう言って魔獣を見る二人。

異様な雰囲気を纏う魔繰蟲が、ワダツミの冒険者たちの方を向いている。不気味に光る赤い複眼に気圧されながらも、迎撃態勢を取る冒険者たち。

「とてもではないが、七等級相当には見えんな」

「で、でも賞金首よりは弱いはずだ……たぶん」

自信なさげに言いながらも、負けることはないだろうとケインは考えていた。

連戦になるがミリーナたちの損害は軽微だ。

消耗を加味しても倒すのはともかく、逃げることぐらいは問題ないはず。

そう考えていたケインの目算は大きく狂わされることとなった。

障壁に身を隠し、防御態勢を取るワダツミの冒険者たちに魔繰蟲がゆっくりと片腕を上げる。

見た目通り接近戦は苦手なようで、魔術による攻撃が主なのだろうな、などと暢気《のんき》に構えていたジグ。

――次の瞬間、漂い始めた刺激臭の濃さに目を見開いた。

「受けるなっ、躱せ！」

しかしそんな言葉が今さら届くわけもない。

耳をつんざく甲高い音と共に、魔繰蟲の腕の先から不可視の衝撃波が放たれた。離れているジグたちのところまで腹に響く音がその威力を物語る。

衝撃波は防御術と接触すると一瞬拮抗した後に貫通、冒険者たちを木っ端のように吹き飛ばす。

爆音が悲鳴をかき消して蹂躙する。

「行くぞ！」

ケインに声を掛けて返事も待たずに駆け出すと、少し遅れて呆然としていたケインが慌ててついてくる。

ワダツミの冒険者は先の一撃で半壊状態となっていた。

個人で力量差があるため全ての防御術が破られたわけではないが、半数近くの冒険者は今の一撃で吹き飛ばされて行動不能に陥っている。

なんとか凌ぎ切れた残りの半分が急いでカバーに入るが、体勢を立て直すにはまだ時間がかかる。

魔獣はあれが全力の攻撃では無いようで、次弾を放とうと魔力を収束させている。漂う刺激臭から想像するに、その威力は先ほどを上回る。あれをまともに食らえば今度こそ崩壊するだろう。

（くそ、間に合わん！）

全速力で走るが、どう考えても魔獣が第二波を放つ方が速い。防御態勢の整わない状態でアレをもう一発受ければ大量の死傷者が出てしまう。

「一か八かだ……！」

そう判断したジグは走りながら双刃剣を抜くと、槍投げの要領で肩口に構える。

あらん限りの力を籠められた腕の筋肉が盛り上がり、今か今かと解き放たれる時を待っている。

大きく、左足を踏みしめる。走る勢いをそのままに、踏み込んだ地面が砕けるほどの力で制動をかけ、上体を捻る。

脚から腰、腰から背中をなぞり肩へ。

全ての運動エネルギーを余すところなく伝播させた双刃剣が投擲された。

「――――」

空を裂き、天を突く勢いで投じられた双刃剣。一直線に迫る蒼の軌跡に気づいた魔繰蟲が、腕の向きを変えてその細い手をかざす。

奴は既に目前にまで迫っていた双刃剣に至近距離で衝撃波を放った。

激突する二つの暴威。

しかし結果は拮抗すら見せず、蒼の双刃剣が衝撃波を突き破って魔繰蟲の頭部に着弾した。

頭部を貫通、などという生易しい衝撃ではない。

勢いで魔繰蟲の頭部を丸ごと消滅させてもなお止まらずに、立ち木を貫通してさらに後ろの木へ根本深くまで突き刺さった。

霧散したとはいえ、衝撃波の余波に前に泳いだジグの足が止まる。

頭部のなくなった魔獣を見て一息つこうとして――

「まだだ！」

「!?」

掛けられた声に、事情を把握する前に止まっていた足を動かす。

追いついてきたケインと並走しながら手短に説明を要求する。

「どういうことだ、頭部が無くなっただけでは死なんのか？」

「あれはただの魔獣じゃない。純粋な魔力生命体だから普通の武器は水をかき回すようなもので、効果がほとんどない。魔術か魔具を使うんだ！」

面倒な特性を聞いたジグが顔をしかめて魔獣の方を見た。

頭部が丸ごとなくなったというのに動きを止めることはなく、霧が集まるかのように再生しつつある。

先ほどの攻撃は魔力を散らされた程度でしかなく、ほとんど効果がないというケインの言を裏付けるものだった。

そういった魔獣がいると話には聞いていたが、よりによって今遭遇してしまうとは。

「くそ、魔術も魔具も使えんぞ……まあいい。引き付けるから冒険者たちの撤退を手伝ってやってくれ」

ジグにあの魔獣はどうやっても倒せない。ならばやることは他にある。

「……分かった。あんたも無理するなよ」

「多少の無理は仕事の内だ」

魔術はともかく魔具すら使えないというジグに怪訝そうな顔をしたケインだが、今それは重要なことではないと意識を切り替えて自分の仕事に集中する。

二人は別れるとジグは魔獣の方へ、ケインは冒険者たちの所へ急いだ。


「セツさん、ミリーナさん！」

ワダツミの冒険者たちの元にたどり着いたケインが声を掛けながら無事を確認する。

「っ、ケインか」

苦しげな声をしているミリーナ。足を負傷したのか、剣を杖代わりにしている。

「ミリーナさん!?　やられたんですか！」

「……ちょっとヘマした」

「ケイン？　何故ここに……いえ、それはいい。負傷者の手当てと安全圏までの避難を手伝って」

セツが意識を失った仲間へ肩を貸しているのを、駆け寄って反対から支えて運ぶ。

負傷者は全体の半分ほどだが、怪我の具合はまちまちだ。

幸い命に関わるほどの怪我をした者はいないが、意識を失っていたり自分で歩くのは難しい程度には負傷している。

衝撃波が面制圧目的の拡散型だったおかげもあるだろう。

ミリーナのような防御術が得意ではない者が衝撃波を防ぎきれなかったようだ。

(威力を散らした攻撃術でもこれほどの殺傷力を持っているとは)

改めてあの魔獣の脅威に肝を冷やす。

無事だった冒険者が比較的軽傷な者を優先して治療しているので、ケインは治療に時間がかかりそうな怪我人から担ぎ上げて運ぶ。

「意識のない者を優先して避難させて！　治療は最低限で済ませなさい、骨折程度で死にはしません！　……ケイン、撤退の指揮をお願いします」

「分かりました。セツさんは？」

「……私はアレの相手をします」

セツは治療と怪我人の運搬を指示すると、魔繰蟲の足止めをするべく動き出す。

既に魔繰蟲は無くなった頭部を再生しきっており、赤い複眼を巡らせて先ほどの攻撃の主を探しているようだ。

(とんでもない威力でしたが、まさかさっきのあれはただの物理攻撃ですか？　ほとんど効いていないけど、時間は稼げました。……しかし一体誰が？)

セツのその疑問はすぐに解かれた。

魔繰蟲が標的を見つけたのか、術を使おうと手をかざすと木立から何者かが飛び出てきた。

「あれは!?」

セツにとってその人物はあまり思い出したくない相手であった。苦い思い出をまだぬぐい切れていない相手に自然と顔が歪む。

「あの男が、なぜ……?」

新たに生まれる疑問を余所に魔繰蟲が衝撃波を放つが、あの傭兵はまるで予期していたかのように完璧なタイミングで回避した。続けて何度か魔術を放っても男を捉える様子はない。

「一体どうやって……」

あの不可視の衝撃波は予兆や攻撃範囲などが読みにくいのもあって回避するのが非常に難しい。

しかしまぐれなどではないことはすでに何度も目の前で証明している。

「……とにかく、今は敵ではないようです。それよりも時間を稼がないと」

様々な疑問を脇に置いてセツが後ろを見た。

ワダツミの仲間たち、そして相棒のミリーナを見てサーベルの柄《つか》を強く握り込む。

「仲間を失うわけにはいきません」

衝撃波が先ほどまで隠れていた木を軋ませながら破壊する。頑丈な生木が藁束か何かのように砕かれていくのは悪い冗談のようであった。

「好き放題やってくれる！」

ジグは魔繰蟲の衝撃波を躱しながらその注意を一身に引き受けていた。

次々放たれる魔術を躱し続けているジグ。

しかしその実、見た目程の余裕はなかった。

攻撃のタイミングや方法は分かっても衝撃波が見えない以上、確実に回避できる距離を動くしかない。

先の攻撃で散らばっていた冒険者がまとめて吹き飛ばされていたことから、決して狭くはない範囲の攻撃を避け続けるのは至難の業であった。

「くっ!?」

何発目かの攻撃を回避した後、ジグの足が止まった。

彼自身に何かあったのではない。

これ以上行くと怪我人を運んでいる冒険者たちを射線上に巻き込んでしまう位置にまで来ていた。

一瞬の躊躇がジグの動きを鈍らせる。

ほんのわずかな時間、しかしギリギリの回避を続けていた均衡を崩すには十分すぎる時間だった。

動きの止まった標的に魔繰蟲が衝撃波を放とうとする。

ジグは躱しきれないと悟りながらも直撃は回避するべく体を動かす。

黒い靄のような細い腕から収束した魔力を撃ち出そうとする。

「させません」

術が撃ち出される直前、氷塊が魔繰蟲に叩きつけられた。突然の横撃に体勢を崩し、あらぬ方向に衝撃波が発射される。狙いのそれた魔術で木々が吹き飛び、寒気のするような破砕音が叩きつけられる。

ジグはその間に冒険者たちを巻き込まないように反対の位置まで移動した。

魔術の飛んできた方を見れば、見覚えのある冒険者がサーベルを構えて鋭い視線で魔繰蟲を睨んでいる。

「助かった。セツ……だったか？」

セツは手の平から冷気を立ち上らせながらジグを見ると、沸きあがる警戒心を冷静に抑えつけて口を開く。

「気にしないでください。先に助けられたのはこちらですから。……しかし何故あなたが？」

「仕事だ」

セツはジグのその言葉で察してため息をついた。

「もう、私たちだけでやるって言ったのに……」

「面倒見のいい先輩に感謝しておくことだ」

セツは文句は言いつつも、事実その保険が効いたのだから口を噤《つぐ》むしかない。

「俺では有効打を与えられない。任せられるか？」

「……難しいですね。私も魔力を多く消費してしまった。あと一発、大きいのを使えばそれで打ち止めです」

蒼双兜での消費に加え、先ほど魔繰蟲の衝撃波を防ぐのに大量の魔力を消費してしまった。

体力はまだいけるが、身体強化術を考慮するともう余力がない。

相手の耐久力も未知数なため、残りの魔力全てを注ぎ込んでも倒せるかは分からない。

苦い表情をするセツとは対照的にジグは軽く頷いてみせる。

「分かった。なるべく引き付けるから、でかいのを頼む」

「え、ちょ……」

言うや否や駆け出すジグ。

セツは何かを言おうとしたが、ジグは既に行ってしまった。

話も聞かずに行ってしまったジグに呆れつつも、今はそれしかないと残った魔力を丁寧に練り上げ始めた。

体勢を立て直した魔繰蟲がジグに向かって敵意と魔術を放つ。

仕留めるチャンスを妨害されたのに怒ったのか、戦法を変えたようだ。先ほどまでの衝撃波ではなく、黒い斬撃を飛ばしてくる。

障害物を切り裂きながら進むその斬撃はかなりの速度で迫ってくる。範囲は狭まったが、速度と威力はこちらの方が上のようだ。

ジグは縦の斬撃を速度を落とさぬまま体捌きで躱しつつ、懐から取り出した硬貨を弾く。

さらに斬撃を放とうとしていた魔獣に硬貨が当たると、波打つように体を震わせて魔術が霧散した。

形を成そうとしていた魔力が散らされ、まるで嫌なものに触れてしまったかのように体をびくりと震わせた魔繰蟲。

「ほう、結構効くじゃないか」

ジグは蒼金剛の予想以上の効果に口の端を釣り上げた。

魔繰蟲はジグの行為に強い怒りを覚えたようで、セツを無視して集中砲火を始めた。

「おっと！　お気に召さなかったか？」

斬撃は苛烈さを増したが、その分狙いが甘くなっている。

跳躍して足元を薙ぐ斬撃を躱し、宙で木の枝を掴むと体を引き寄せて強引に軌道を変更。着地を狙った魔術を難なくやり過ごす。

確かに威力と速度は上がったが、制圧力のあった衝撃波の方がジグにとってよほど厄介だった。

セツに魔獣の矛先が向かわないようにつかず離れずの距離で挑発し続ける。

斬撃を躱し、蒼金剛の指弾で術を妨害しながら時間を稼ぐ。

(なんであれを避け続けられるんですか……?)

セツは感心半分呆れ半分といった感じでそれを見ていた。

躱すこと自体は自分でも可能だと思う。だがそれを続けられるのは五、六回までといったところだ。

いずれ体勢を崩すか体力が追い付かなくなってやられてしまうだろう。あそこまで避け続けながら、注意を引くための指弾までこなすには並外れた持久力と体幹が必要だ。

ジグの身体能力に驚きながらも、セツの術を組む工程は順調に進んでいく。魔力回復効果のある高価な薬を飲み干し、足りない分は気力と技量で補う。

迅速に、しかし丁寧に。極限の状態が、平時を上回る集中力で術を処理することを許した。

術が完成するにつれて空気が軋んで冷気が立ち込め始める。

だがその魔力の揺らぎに魔獣が反応してしまった。

自らを害するほどの脅威の気配に、魔繰蟲が首をセツに向ける。不気味に輝く赤い複眼と目が合ってしまい、ぞくりとした悪寒に顔を引きつらせる。

（まずい！）

しかし今は術に形を与える構成の真っ最中。

最も重要な工程でもあり、ここを中断してしまえば折角振り絞った魔力をただ霧散させてしまう。

避けるべきか、続けるべきか。

逡巡がセッに咄嗟の動きを躊躇わせる。

「続けろ！」

「っ！」

迷う彼女へジグが叫んだ。

ジグが手持ちの指弾を全て叩き込みながら全力で駆けだす。

蒼金剛の効果は確かに有効だ。しかしサイズの小ささに加えてあくまで含有しているだけの硬貨なので、不意打ちには使えるが来ると分かっている相手には半減する。数に任せても多少魔術の発動を遅らせるのが精々だ。

セツへ放たれる黒い斬撃。もはや防ぐ術はない。

「――――っ」

目前まで迫った斬撃が彼女を両断する直前、全速力でセツの所まで駆け寄ったジグが彼女を

掻っ攫うように抱えて横っ飛びに回避した。

「お返しです」

そして、セツは魔術を中断してはいなかった。

ジグに抱えられ、未だ宙にある身で魔獣を見据えると練り上げた術を解き放つ。

空気が軋んだような音を立て、魔繰蟲の周囲に漂っていた冷気が形を成す。

集《つど》った冷気は無数の鋭い氷槍と化し、魔繰蟲を半球状に包囲するように生成される。

攻撃を放った直後の魔繰蟲は目前の危機に反応して防御術を使おうとするが、それより早く一斉に氷槍が撃ち出された。

魔力で出来た体に、雪をかき分けるかのような音を立てて氷槍が突き刺さり、穴から血のように黒い靄があふれ出していく。

それまで頭を吹き飛ばされようとジグの攻撃にさしたる反応を見せなかった魔獣が、身をよじり苦しんでいる。

セツが魔力の限りに撃ち出し続けた氷槍はやがて終わりを迎えた。

「ハァハァ……」

荒い息を吐くセツ。魔力欠乏症の倦怠感が全身を包み込んでいる。

彼女は鈍痛のする頭を押さえながら起き上がると魔獣を見た。

全身から氷槍を生やしながら弱々しく蠢く魔繰蟲。

脚は二本しか残っておらず、体も穴だらけでいたるところから黒い靄を流している。

藻掻くようにしていた動きを止めると、限界を迎えたようにその体がさらさらと崩れ出した。

砂のように小さい粒子が風に吹かれたかのように徐々に流れていく。

そうして全身が崩れ終えた後には、赤い球のようなものが一つ残るのみだった。

「勝った……みたいですね」

もう無理だ、これ以上は一切戦えない。魔力も気力も使い切ってしまったとセツが膝を折る。

「……よく、術を続けたな。言っておいてなんだが、普通あの状況なら避けるぞ」

横に立つジグが感心したように言うのを聞いてセツが苦笑する。

ジグが確実に間に合う保証もなく、確かにあの場面は回避を優先するべきだった。

赤の他人の言葉など無視して自分を守るのは当然だ。

(自分が術を続けることを選んだのは、ただ……)

「ただ単に、魔獣よりあなたの方がおっかない。……そう思っただけ」

ジグはセツの答えを聞いて目を丸くし、それから噴き出す。

「そうか」

「はい」

遠くから声が聞こえてくる。

撤退を終えたワダツミの仲間が音が収まったのに気づいたのだろう。

「こっちで……え、血？」

立ち上がって仲間の方へ手を振ろうとしたセツがふと、掌が何かで濡れているのに気づいた。

生暖かい、出たばかりの真っ赤な血に首を傾げる。

「いっ……？」

気づかないうちに怪我をしていた、というわけでもない。彼女は先の蒼双兜を含めて擦り傷程度しか負っていない。

さっきの攻撃もジグが抱えて回避したためほぼ無傷――

そこまで考えたところで、慌てて後ろを振り向く。

そこには背中から夥《おびただ》しい量の血を流しながら膝をつくジグの姿があった。

遅れて濃厚な血の匂いが鼻腔を刺激する。

「ちょっと、大丈夫ですか!?」

慌てて駆け寄って肩を支える。身体強化もままならない魔力ではとても支えきれない重量に崩れそうになった。

脂汗を流しながら青い顔をしたジグが呻いた。

「……少し、まずい、な」

「少しどころじゃないですよ！　今治療を……ああもう魔力がっ！　ちょっと、誰か！」

セツが仲間を大声で呼んでいる。

その声をどこか遠くに聞きながらジグの意識は途絶えた。


意識を失ったジグの応急処置を済ませたセツたちはギルドへ駆け込んだ。

ワダツミの冒険者たちは、戦闘後と自分たちの治療のために魔力をほとんど使い果たしていたので簡単な処置しかできていない。

そのためしっかりと医者に診てもらう必要があった。

「どいてください、急患です！」

「誰か、医者はいないか？　回復術を使える奴でもいい！」

日頃荒事を生業にしている冒険者たちや、それを相手にしているギルドの対応は早い。

突然の事態にもかかわらず、食事をしていた冒険者が机の上の食器等を薙ぎ払うと自分の外套をかぶせて簡易ベッドにする。

「ここへ寝かせろ」

セツたちが血まみれのジグをゆっくりと寝かせる。

医学の心得があるギルド職員が駆けつけて、うつ伏せに寝かされたジグの衣服をナイフで裂くとその傷を見て顔をしかめた。

「ひどいな。何でやられた？」

「魔術です」

「……見たところ毒の心配はないが出血がひどい。すぐに止血しよう。綺麗な布と水を頼む」

眼鏡を掛けた職員の指示で手際よく治療が進められていく。

傷口を洗浄して指を突っ込み、異物がないことを確認すると回復術を掛け始める。

しばらくすると思わぬ事態に眉をひそめて呟いた。

「……なんだこの男。異様に回復術の効きがいいぞ……？」

回復術は万能ではない。風邪には効かないし、瀕死の重傷者を何の後遺症もなく回復させるほどの効力もない。

折れた骨を繋ぎなおす程度や傷口を塞ぐのは早いが、本人の体力を大きく消耗することになる。

重傷者相手にむやみに使い続ければ、下手をすれば傷が治っても衰弱死してしまうことすらあるのだ。

だから回復術で傷を治すときには、命に関わる傷だけを優先的に治し、残りは本人の体力と相談しながら休み休み治療する必要がある。

しかしジグはこの大陸の人間ではない。彼の身体能力は全て自前であり、魔力を抜きにした体の性能は彼らの比ではない。

魔力に頼らない体力と自然回復力を持ったジグは、こちらの人間と比べて回復術の効力が大きくなっていた。

結果、職員が首を傾げるほどの速度で治っていく怪我。

「なんという術者だ。これほどの回復術の使い手がギルドにいたなんて……」

それを見たワダツミの冒険者が勘違いをしているが、その誤解を解ける人間はここにはいなかった。


処置が終わると医者の所へ行かせていた仲間が担架をもって駆けつけてきた。

乗せられたジグのあまりの重さに一瞬ぐらつくがそこは冒険者。

気合と身体強化で堪えると落とさぬよう、しかしなるべく急いで運んでいく。

それを見送ったセツとミリーナはギルドに残り、賞金首討伐の経緯と異常を報告する義務があった。

「彼は確か噂の新人の保護者……いや、同行者だったかな？　なぜ彼が君たちと一緒に？」

先ほどジグを治療していた眼鏡をかけた中年男性が、手を拭きながら尋ねてくる。

ギルドではそれなりの立場のようで、落ち着いた物腰ながらその眼光は鋭い。

しかしセツとミリーナも事情を知っているわけではないので言葉に窮してしまう。

「そのことについては俺が説明します」

そこにケインが回収してきた双刃剣を置いて話に割り込んできた。

視線だけで先を促す職員とミリーナたち。

「彼は今回俺の同行者として来てもらいました。ただそれは建前で、彼にはうちのベイツから賞金首討伐に向かったワダツミのクランメンバーを護衛する依頼をしています」

予想はしていたのか二人はさして驚かない。

ケインの報告に職員は書類へメモしながら頷く。

「なるほど。経緯は分かった。同行者申請が出ているならば問題はないし、依頼についてもギルドの関与するところではない。……本来同行者の怪我は自己責任だが、死にそうな人間を見捨てるほど私も鬼ではないつもりだ。手間賃は要求するが」

「費用に関しては後程ワダツミに請求を」

「結構。ではそちらの報告を聞こう」

ケインが下がり、セツとミリーナに視線が向かう。

ミリーナは後半ほとんど見ていないため、セツがメインに報告をする。

職員の男性はしばらく無言で話を聞いていたが、魔繰蟲の件になると眉を動かした。しかし口は挟まずにそのまま報告を聞き終える。

「まずは賞金首討伐、おめでとうと言っておこう。後程確認に行かせるが、素材と賞金は君たちのものだ」

「……ありがとうございます」

職員からの祝いの言葉を聞いても二人の反応は鈍い。この状況で素直に喜べるほどお気楽ではないようだ。

彼はその様子を見てさもありなんと肩を竦めると話を続ける。

「異常成長した魔繰蟲の件についてだが、過去に似たような報告がある。研究者がそれに関しての論文を上げていたはずだ」

職員は受付嬢に言って書類を持ってこさせるとそれを読み上げた。

魔繰蟲は宿主の魔力を喰って糧にする魔獣でミミズのような幼体の頃に寄生先を選ぶ。成体になると新たに寄生することはできないため、この時選んだ宿主が魔繰蟲の強さに影響する。

魔繰蟲自体は弱い魔獣だ。ある程度以上の魔獣には、たとえ幼体であろうとも魔力量が違いすぎて排出されてしまう。

しかしごく一部例外がある。

親の栄養状態が良く大きな魔繰蟲であれば幼体時に非常に脆弱な、例えば羽化するタイプであればそれなりの魔獣にも寄生できることが確認された。

その場合本来の魔繰蟲よりも一回り大きな成体が生まれて、強さも通常の魔繰蟲とは一回り違ったようだ。

しかし悲しいかな所詮は魔繰蟲、それなり程度の強さでしかなかった。

そう言って論文を切り上げた職員は顔を上げる。

「もし運よくそれなりの魔獣に寄生できて、運よくその個体が長生きして歴戦とまで呼ばれる魔獣になったのなら……それほど巨大な魔繰蟲が出現する可能性も、あるかもしれないな」

偶然に偶然が重なって起きたのが今回の事態だという職員。

ミリーナがそれを上手く呑み込めずに思わず口を開く。

「……そんなことが、ありうるんですか？」

「現に起きているのだからしょうがないだろう。運が悪かったな。……いや、結果だけ見れば運が良かったんじゃないか？　賞金は手に入った、死人は出ていない、さっきの男もあの分ならそう遠くないうちに復帰できるだろう」

確かに結果だけ見れば彼の言うとおりだ。

しかし二人は納得できず、その心中には言いようのないしこりが残ってしまっていた。

(自分たちの力だけで何でもやりたいと思っている奴は面倒臭いな。生きているだけ儲けものだろうに)

長くこの仕事をしている職員はその理由に気づいていたが、指摘もアドバイスもしない。

そんなことは自分の仕事ではないし、何よりこの程度のことでいちいち立ち止まっているようではこの先やっていけないからだ。

〝納得〟とは、時にそれを得るためだけに命を懸ける者すらいる程の贅沢品なのだ。

†

繁華街の端にある小さな病院。

ワダツミが懇意にしているその個人経営の病院は本日大忙しであった。

賞金首討伐にでるので怪我人が来る可能性が高いと、付き合いの長いクランからあらかじめ聞いていた院長は慌てず騒がず迅速に治療していく。

「よし、これで大丈夫だよ」

ふくよかな体格の院長が人を落ち着かせる穏やかな笑みを浮かべてそう言った。

「ありがとうございます、先生」

今ので最後の患者を診終わったようだ。幸い軽傷者が多く、手持ちの薬と魔力でどうにかなった。

「……とはいえ、流石に数が多いなぁ」

凝った肩をほぐすように伸びをしていると視線を感じた。

先ほどの女性患者がまだ診察室から出ずにこちらを見ている。

まだどこか悪いのだろうかと、穏やかな笑顔を意識して作って尋ねる。

「どうかしたかい？」

「あの、先に運び込まれた男の人はどうなりましたか？」

「ああ……彼か」

院長は作っていた表情を思わず崩して難しい顔をしてしまう。

それを悪い意味に捉えた彼女は暗い顔をして俯いた。

「ああ、ごめん。誤解しないでくれ。彼の経過は良好だよ。……良好すぎるくらいだ」

「いいこと、なんですよね？」

「……もちろん。さあ、今日はゆっくり休むんだ。傷は治っても体は疲れ切っているはずだよ」

改めてお礼を言いながら診察室を出る彼女を見送ってから、院長は件《くだん》の大男が運び込まれてきたときのことを思い出す。

急患だと運び込まれてきた男の背中には、傷こそあったもののそれほど大きなものではなかった。

それでも内部が傷ついているかもしれないと診察をし、慎重に治療をすると見る間に傷が塞がっていくではないか。

出血の跡や服の破損具合、周囲の慌て方を見るに彼が大怪我をしていたのは間違いない。

それほどの傷が異様な速度で治っていくことに軽い恐怖すら感じた。

（まるで体のつくりが根本から違うかのようだ）

魔獣が化けている可能性も考えて血を調べてみたが結果は白。彼は亜人ですらない純粋な人間だった。

当の本人はまだ意識が戻らないが、怪我はほとんど治っている。

血を流しすぎたせいか顔色はよくないが、そう遠くないうちに退院できるだろう。

（特異体質、で済ませていいものかな）

ただの人間にあそこまでの回復力があるなど聞いたこともない。恐らくは高価な魔術薬か魔具を使用したのだろう。

これほどの効果をもたらすものとなると劇薬の可能性も高く、一般に流通している物ではない。

「しかしそうなると反動が怖いな……今の内に準備しておくべきかな？」

彼がどこでそんなものを手に入れたのかは、今は気にしないことにする。

ここの院長は、経緯はどうあれ目の前の患者を治すのに理屈を求めないタイプだった。

彼がこの後の処置を考えていると診察室をノックする音が聞こえた。

「どうぞ」

入室してきたのはケインだ。

「失礼します、ドレア先生」

ケインにとってもここにはよくお世話になっているので、態度も目上の者に対するものだ。

「おやケイン君。どこか怪我を？」

「そうしょっちゅう怪我ばかりしているわけじゃありませんよ。俺は今回何もしていないので。ジグ……あの大男はどうですか？」

「彼ならもう大丈夫だよ。……そういえば、彼はワダツミの人間じゃないよね。何があったのか聞いてもいいかい？」

ケインはこの件の経緯と、負傷するに至った理由などを説明する。

ここの院長は口が堅く、ワダツミはこの病院に頭が上がらないほど世話になっているので、ある程度のことならば話しても問題ないとの判断だ。

以前に勘違いで襲い掛かってしまったことなども合わせて話を聞いた院長が目を丸くした。

「なんというか、すごく割り切った性格しているんだね」

「……ドレア先生がそれを言いますかね」

「僕は仕事だから……ああ、彼もそうなのか」

怪我人ならば犯罪者だろうと構わず助けようとするこの困った院長とジグには近いものがあるようだ。

そんなことを話していると、ノックもせずに診察室の扉が勢いよく開かれた。

不躾な客にケインが、眉をひそめて振り向きながら苦言を呈そうとした。

「おい、ノックもせずに……ジグ!?」

ケインが予想外の人物に驚いて、椅子から立ち上がった。

患者用の服を着たジグは苦し気に腹部を押さえて扉にもたれるようにしている。

「……っケイン、か」

「ちょっと君、まだ出歩いちゃだめだよ！」

院長が慌てて駆け寄るとジグを支えようとするが、体格差があるために非常に頼りない。

ケインも手伝って反対の肩を貸して何とかベッドに座らせた。

(この男がこれほどの状態になるとは、傷はかなり深いのか……)

足元すらおぼつかない様子のジグを見てケインが事態を重く捉える。

そんな彼に弱々しくジグが声を掛けた。

「ケイン、頼みがある……ぐっ！」

「な、なんだ？」

言葉途中で腹部を押さえて身を丸めるジグ。

依頼のために負傷した彼の要望を可能な限り叶えてやろうと身を乗り出すケイン。

ふとそこで、負傷したのは背中ではなかっただろうかと疑問を抱いた。

「――腹が、減った」

「……あ？」


「しょうもない」

心底呆れ切った表情でケインが吐き捨てる。

まるでどこかの宴会場だろうか。彼の視線の先では、病院だというのに宴のように机に料理が並べられている。

そしてそれをすさまじい勢いで平らげるジグの姿があった。

「ま、まあまあそう言わず」

その光景を引き気味に見ながら院長が宥《なだ》める。

「彼の怪我の治りは異常なほど速かった。それに伴う体力消費も莫大なものになるはずなんだ。血もかなり流してたし、怪我を治すのって想像以上にエネルギーを使うんだよ？」

「……それは、まあ、分かりますけど」

ケインは自分が深刻になっていたのに、実際はただの空腹などというふざけた理由だったのが気に食わないだけだ。

三文芝居でもあるまいに、と鼻を鳴らす。

しかしこうして鬼気迫る表情で食料を摂取していくジグの姿を見ていると、確かにただの空腹で済ませられるものではないのだろう。

　短い付き合いではあるが、彼がそういったふざけ方をするタイプではないことくらいは分かる。

「あー……できればもう少し、胃に優しい物を食べた方がいいんじゃないかな？　ほら、お粥とか」

　医者としての立場からか、病み上がりの患者が塩分糖分油分を山のように摂っている光景には抵抗があるようだ。

　ケインが購入してきた物は速度を重視したせいか、そのほとんどが屋台で売られているような食べ物ばかりだった。

　粒マスタードのかかった腸詰を挟んだパンを二口で放り込み、瓶から直接呷ったワインで流し込んだジグは院長の言葉に視線すら動かさず答えた。

「却下だ」

　ワインで汚した口の端を拭い、その一言のみ発すると喋る間すら惜しいとばかりに食事を続けた。

　院長は端的な拒否に、それ以上何も言えずに引き下がる。

（……まあ、風邪とか内臓を痛めていたわけじゃないから、大丈夫か。にしてもこの異常な食欲、やっぱり副作用かな。あれだけの回復力をもたらした割には随分控えめな反動なんだな

……相当高価なものを使っているのかな）

実際は副作用でもなんでもなく、ただ消費したエネルギーを体が求めているだけなのだが。まるで副作用かと思わせる程に、ジグの食欲は収まるところを見せない。

結局、追加で二度ケインが買い出しに行ったところで、やっとジグの食欲は収まった。見ているだけで気分が悪くなるほど食べ続けたジグは、そこでやっと体の調子を確かめる余裕が出てきた。

体を捻り、肩を回して動きに異常がないかを念入りに調べる。

「……背中に多少の違和感はあるが、尾を引くほどではなさそうだな。あの怪我をここまで治すとは、腕がいいんだな。助かったよ、先生」

「いやあの、僕あんまり大したことしてないんだけどね……ところでジグ君、回復術の効きが異常によかったけど何か心当たりある？」

「これはまた謙遜を。……ふむ、回復術の効きがいい、ね。普段あまり術に頼った治し方をしていなかったから、特に思い当たることはないな」

「そうかぁ……」

薬でも使い続ければ体が慣れて効果が薄くなることはある。

それと同じで、魔術に頼った回復ばかりしていると、体がそれに慣れて生来の回復力が衰えるという説を以前聞いたことがある。

（でもあれは結局、個人差や老化による体力の低下との区別がつけられなくて、詳しい研究はまだ進んでいないんだよね。仮にそれを加味してもあの速度には説明がつかないなあ。やっぱり体のつくりからして違うような気がするんだけど……）

興味は尽きないが、まさか調べさせろというわけにもいかないので、世の中そういう人間もいると自分を無理に納得させるとその話を打ち切った。

ジグは体の調子を確かめ終わると立ち上がる。

「世話になったな。治療費はいくらだ？」

「ああ、それならワダツミが支払うって話になっているから気にしなくていいよ」

院長の言葉を聞いてケインに視線でいいのかと問う。

「それだけの働きはしたよ。上もそう判断した。ああ、ついでにさっきの飯代も俺の奢りだ」

「……そうか。では有り難く奢られておこう」

「こっちこそ、うちの仲間を助けてくれてありがとう」

手を差し出してきたケインに応じる。

握った掌、その力強さにケインは素直に敬服した。

「一つ、聞いてもいいか？」

着替えて出ていこうとするジグに声を掛ける。

彼は返事をせずに肩越しの視線だけで先を促した。

「なんであんたは傭兵にこだわるんだ？　冒険者になろうと思わないのか？」

ギルドへ登録することで得られるメリットは数多くあり、ジグほどの実力者ならその恩恵も大きいだろう。

彼のやっていることは冒険者と同じなのに、いつまでも同行者としての立場を崩さない理由が気になった。

ケインの質問にジグはそんなことかと笑った。

「今までずっと、傭兵をやっていたからな。これが俺の生き方だ。今さら変える気にはならない。……実利的な話をするなら、特定の団体に所属するとそこに害をなす依頼を受けられなくなるだろう？」

「……ギルドに、敵対するつもりなのか？」

聞き返すケインの言葉に緊張が走る。

警戒の色を滲ませたケインに肩を竦めて否を返す。

「恨みがあるわけでもないし、表立って楯突く気はない。……だが仕事の邪魔をするなら、それは等しく障害として対処する。それだけだ」

所属して恩恵だけを得て、必要な時に構わずやってしまうこともできるが、そこはジグなりのけじめだ。

必要があれば害をなす可能性がある所に所属するのは不義理が過ぎるというものだろう。

それだけ言うとジグは病院を出て行った。

「酷い格好だな。一旦宿に戻るか」

服は乾いた血でがびがび、背中はバッサリと裂けていて服としての役割を果たしていない。替えの服を取りに宿へ向かう。

「しかしさっきの空腹には参ったな。回復術にあれほどの空腹作用があったとは」

最近食が太くなったとは思っていたが、慣れない仕事のせいかと考えていた。

しかし先ほどの医者が言うには、回復術による急激な再生は非常に体力とエネルギーを消費するらしい。

以前イサナに肩を貫かれて治した時も今回ほどではないものの空腹を覚えたが、あの時は激しい戦闘のためかと思っていた。

先ほどのように強烈な飢餓感に襲われるのであれば回復術も考え物だ。

「それなりの怪我を術でポンポン治していたらすぐに燃料切れで動けなくなるな……」

食事を満足に摂れない状況になることも多い傭兵には死活問題だ。回復術の使い時は注意する必要があるだろう。掛かる食費を考慮すると高額の治療をしているのと何も変わらないのだ。

そんなことを考えながら宿に戻る。

ボロボロの恰好を宿の人間に奇異の目で見られながら部屋に着くと着替える。

「ジグさん、入りますよ」

「ああ」

こちらの帰宅に気づいたのか服を着替え終わった頃にシアーシャが入って来た。

長時間集中していたのであろう彼女は身なりこそ整えてはいるが、眼の下に深い隈を作っている。

後半ジグの声も聞こえないほど集中していたシアーシャは、ろくに食事も摂らず魔術の開発にいそしんでいたのだ。

彼女は部屋に入ると鼻をひくつかせてジト目でジグの方を見た。

「あの、また血の匂いがするんですけど……ジグさんしょっちゅう怪我せずにはいられないんですか？　というか、働きすぎでは？」

「……うむ、まあ、成り行きでな。そうだ、魔術の方は上手くいったか？」

自覚はあるのでバツが悪そうにするジグ。都合が悪いので話を逸らすように聞くと、彼女は得意気にして胸を張る。

「中々いい物が出来ましたよ。魔力の配分と硬度調整に手こずりましたが、今までに比べて大分使い勝手のいい術ができたと思います」

明日早速試してみましょうと意気込むシアーシャだが、隠しきれない疲労の色がその気勢を削《そ》いだ。

「でもさすがに疲れました……今日は早めに休みます」

「そうした方がいい。食事は摂ったのか？」

「まだです。ジグさんは……もしかしてもう済ませちゃってます？」

血の匂いに交じりわずかにソースの香りがすることに気づいたシアーシャ。

「ああ、色々あってな。……何かあったのか？」

表情を暗くする彼女に聞いてみると困ったような顔をして笑う。

言いづらそうに彼女が口ごもりながら伝える。

「……あの、もしよければ一緒に行きませんか？　食事には付き合わなくてもいいんで……」

「む？」

意図が読めずに首をかしげるジグ。

「あー……やっぱりいいです、気にしないでください……」

自分に恥じ入るように慌てた様子で訂正するシアーシャ。

彼女にしては珍しく煮え切らない態度だ。

（ふむ……）

今までも別々に食事を摂ることはあった。ただ人恋しいという訳でもないだろう。

相も変わらずその意図は理解できないが、何を求めているかは理解できた。

適当に誤魔化しながら部屋を出ようとする彼女の後を追う。

「ジグさん？」

脇に立つ彼の顔を見上げるシアーシャ。

その蒼い眼を見ぬままに一歩進んで扉を開ける。

「少し、飲みたい気分だ。晩酌に付き合ってくれるか？」

「っ……はい、喜んで」

滲んだ喜色を隠し切れずに微笑み、ジグの後に続いて部屋を出る。外はもう日が暮れており、魔力が生み出す光が夜道を照らしていた。人の流れは少なくなっているが、まだまだ宵の口といったところ。

繁華街を歩いているとと近寄ってきたシアーシャが無言でジグの腕を取る。

彼は何も言わぬまま、彼女のしたいようにさせた。

（二章）

異物と余所者、慮外者

WITCH AND MERCENARY

翌日は結局休みになった。

ジグの怪我はほぼ治っていたが大事をとることにした。

シアーシャ自身も魔術開発に思ったより難航したようで疲れが抜けきらなかったようだ。

結果手持無沙汰になってしまったため、仕事の報告をしようとワダツミへ向かう。

体調が良くなったら報酬の話がしたいと宿に伝言が来ていたので丁度よかった。

途中で鍛冶屋に寄り胸当ての修理を頼むと、繁華街を抜けてワダツミのクランハウスに向かう。

扉を開けて中に入るとこちらに気づいた冒険者が驚いたように声を上げた。

「うん……？　お、おい！　来たぞ、例の奴だ！」

「マジでもう動き回ってやがる……ベイツさんたち呼んで来い！」

慌てて席を立つと騒ぎながら奥へ行ってしまう冒険者たち。

こちらが何かを言う前に勝手に騒ぎ、勝手に察していなくなってしまった。

「……まあ、話が早くていいか」

放置されたジグが勝手に歩き回るのもどうかと思い待っていると、知った顔がこちらに気づいて近づいて来た。

「おや、ジグ様。本日はどういったご用件で?」

「仕事の報告にな。ベイツたちはいるか?」

声を掛けてきたのはカスカベだった。

線の細い男が眼鏡を押し上げながら人が善さそうな笑みを浮かべている。それが作りものであることを知っているジグは、それでも嘘くささを感じさせない表情に感心する。

「お二人でしたら今クランマスターに報告中です。そこまで掛からないと思いますので少々お待ちいただけますか」

「分かった」

ではこちらへ、と階段を上るカスカベに続く。

以前と似たような、しかし全く違う状況に苦笑いを浮かべる。カスカベもそれを理解しているのか、敢えて以前と同じテーブルにジグを座らせるとお茶を出す。

「例の賞金首討伐の件は聞いていましたが、外様《とざま》の協力者がジグ様だったとは……クランの経理として、お礼を言わせてください」

「気にするな、仕事だ」

それが建前なしの本音だと気づいたカスカベはそれ以上言わないことにした。

ジグはカスカベと言えばとギルドでのことを思い出す。

「そういえば、お前の姉に会ったぞ」

「……そのようですね」

すると今まで完璧な表情をしていた彼が初めてそれを崩した。飄々《ひょうひょう》としたこの男もどうやら姉に対する話題は苦手のようだ。

「あの話を聞いた姉は激怒しましてね。まだ頭が痛いですよ……」

そう言って頭部をさするカスカベ。

ジグがくっくと笑いながら茶を啜った。

「拳骨でも貰ったか？」

「似たようなものです。踵落《かかと》としを少々」

「それはそれは……」

中々に直接的なやり取りを好む姉のようだ。

辟易とした顔をするカスカベに「お前を心配してのことだ」と言おうとしてやめる。

そんなことが分からないほど子供でもないだろうし、また他人にそれを言われることが如何に惨めか知っているからだ。

そうして待つうちに階段を誰かが上がってくる。

た。


「おう、御苦労だったなジグ」

「……本当にもう動き回ってる。アタシより大怪我だったのに」

ベイツとミリーナが向かいに座る。

彼らは先日大怪我したばかりのジグが元気にしているのを見て、驚きと呆れの浮かぶ顔をした。

「アタシ、まだ回復術の怠《だる》さ抜けきってないのに……」

「まあ健康なのはいいことじゃねえか。それより報酬の話だ」

そう言ってベイツが金の入った袋を差し出す。

「これが残りの報酬金二十。事前に話していたトラブルの時は要相談って点についてだが……」

そこで言葉を切ってちらりとカスカベに視線を向ける。

カスカベはその意図を汲んで頭の中で算盤を弾く。

「……怪我の治療費はこちら持ち。防具修繕費等諸々込みで五十でいかがでしょう？」

中々に太っ腹な追加報酬だ。

ジグはその金額に単なる報酬以上のものを感じた。

「諸々の詳細は？」

「今回の賞金首討伐はあくまでワダツミのみで行われた。なので歴戦の蒼双兜の素材全てとその名声は当クランに所持権がある……ということでどうでしょうか？」

新人教育に力を入れているワダツミは、他のクランに比較して尖った功績が少ない。

賞金首討伐自体もクランが本腰を入れれば珍しいことではないが、それを若手だけで成したとなれば話は大きく違ってくる。

それだけの育成能力や若くても成り上がれるだけの下地があると分かれば入団希望者は増え、さらにワダツミの規模は増す。

優秀な若手をこぞって掻っ攫われては、ベテランの多いギルドも黙ってはいられないだろう。

その功績に味噌がついてしまっては価値も大きく下がる。

そのための口止め料金を含んでいるとカスカベは言外に伝えてきたというわけだ。

彼は平静を装っているが内心は硬くなりそうな表情を抑えつけていた。

「……了解した。俺は怪我人の搬送に向かっただけで、怪我をしたのは賞金首とは関係のない魔獣によるもの。これでいいか？」

「はい、十分でございます」

ジグがすんなり納得してくれたことで胸をなでおろす。

彼がごねて報酬の釣り上げを行えば、若手だけで難業を成したという綺麗な結果の欲しいワダツミは、可能な範囲でそれに応じなければならなかった。

ジグとしては相手が予想以上の利益を上げたからと言って報酬の釣り上げを要求するのは主

義に反するので、元よりするつもりもなかった。

脅威度の意図的な低減が行われていたならともかく、事前に想定外の危険がある可能性は告げられていた。一度は納得した金額に後からケチをつけるような行為はすぐに広まり、次の仕事に支障が出てくる可能性がある愚行として傭兵界隈では基本的に厳禁だ。

カスカベにはジグならば一度契約したことは破らないだろうという確信があった。

彼は以前、大人数で囲んだ時も決して依頼のことは話さなかった。結果それが刃傷沙汰になったとしてもだ。

カスカベは敵として相対した時にそのことを身に染みて実感していた。

「毟《むし》り取れるうまい話だってのによ。だがおめえならそう言うだろうと思ったぜ。そこで、だ」

どちらの味方か分からないことをベイツが言いながら懐を漁るとテーブルに置いた。

大人の拳ほどの大きさをしたそれは暗い赤色の宝石に見えるが、少し違和感がある。

「これは？」

「あの魔獣……魔繰蟲の核だ。魔力生命体ってのはただの魔獣なんかと違って消えちまう。だがその代わりに魔力が凝縮された核を落とすんだよ。こいつは加工すれば魔獣の素材とはちょいと違った効果を付与することができるんだ」

「魔繰蟲みたいな低級の奴からはあんまり役に立たない小粒しか落ちないんだ。だからこれは同じサイズの核以上に貴重な代物。あんなサイズの魔繰蟲の核なんて中々ないからね」

ベイツの説明をミリーナが継いで話す。

「気持ちは有り難いが、報酬は事前に決めた分で……」

「まあ最後まで聞けや」

断ろうとするジグに待ったを掛けるとカスカベを促す。

「今回、魔繰蟲の討伐は計画にありませんでした。ワダツミで戦闘したのもセツさんだけですので、これの所有権は彼女にあります。その本人が、ジグ様へ譲渡すると決められました」

そう言ってカスカベはミリーナを見る。

それを追うと彼女はその赤毛と同じ色の目でジグを見据えた。

「〝借りは返しました〟……確かに伝えた」

その一言でセツの意図は伝わった。

「……了解した」

彼女たちが引く気がないことを理解したジグは、それだけ答えると赤い核を受け取って席を立つ。

「邪魔したな」

「おう、また面倒ごとあったら仕事頼むわ」

「都合が合えばな」

言葉少なに別れを告げるとワダツミを出た。

「臨時収入も入ったし、また鍛冶屋に寄ってみるか。この魔力核とやらの用途も気になるな……聞いておけばよかったか」

度重なる臨時収入でジグの懐はとても暖かい。

以前から気になっていた武具も現実的に買える金額になって来た。

機嫌よさげに鍛冶屋に向かうといつもの店員が首をかしげる。

「いらっしゃいませ……おやジグ様。胸当ての修繕にはまだ時間がかかりますよ?」

「別件でな。こんなものを手に入れたんだが、どう使えばいいのか分からなくてな」

魔力核を差し出すと店員が受け取って目を凝らす。

「ふむ、魔力核ですか。しかし見たことのない種類ですね……私では細かい判断がつきませんので職人に見てもらいましょう」

こちらへと案内する店員についていくと以前試し斬りをした工房へ案内される。

熱気が吹き付ける中一人の職人を呼ぶと渋々作業を中断してやってくる。

「ジグ様、こちら職人のガントさんです」

「よろしく頼む」

「ああ、うん、どうも」

彼女に連れられてきたのは髭を蓄えた中年男性だ。

抱いている職人のイメージとは違い荒々しいタイプではなく、多少神経質そうな感じだ。気難しそうなのは職人らしいともいえるが。

「ガントさんはその双刃剣の製作者なんですよ」

「おお、そうなのか。これには随分世話になっている。感謝する」

「そりゃどうも。話、それだけ？　まだやらなきゃいけないことあるんだけど」

おざなりに返事だけして戻ろうとするガントを店員が引き留める。

「待ってくださいガントさん。本題はこちらです。これの鑑定と、詳しい用途をお聞きしたいんです」

ガントは魔力核を見た途端にそれを奪うようにひったくると、引っ付かんばかりに顔を近づける

「ナニコレ。見たことない。こんな魔力核あったっけ？　どこで手に入れたの？」

「ちょっと、ガントさん」

不躾な行動をするガントに店員が慌てるが、ジグはさして気にせず答える。

「魔繰蟲の魔力核だそうだ。仕事の関係で手に入れてな、入手経路はよく知らん」

「魔繰蟲！　あんな小物からこんなサイズのできるんだね！　すごい、運がいいこともあるもんだ」

（ワダツミからしたら不運だろうがな）

内心で苦笑しながら騒ぐガントに用件を話す。

「こいつで造れるものは何があるんだ?」

「え、そんなことも知らないの？　まあいいや。手っ取り早いのは魔具の燃料にしちゃうことかな。これを組み込めば魔力消費を肩代わりさせることができるよ。使い切ったら終わりだけどね」

「……何!?」

これを使えば魔具を使えるという情報にジグが浮き立つ。

魔術を使えないことを口惜しく思っていたが、こんな形で使えるようになるとは。

しかし続く言葉はそれを勧めないものだった。

「でもそれじゃあせっかく珍しい魔力核も味噌糞一緒だからありえないね」

「そう……なのか?」

「うん。そんなこと頼まれたら店から叩き出すくらい」

「そうか……」

ありえないと一蹴されて肩を落とすジグ。

「やっぱ造るならこれの特性を生かしたものにしないと。ちなみにどんな魔術使ってたか分かる？　魔繰蟲の核なんてランプの燃料くらいにしか使わないから覚えてなくて」

「確か、広範囲に及ぶ衝撃波と斬撃を使っていたな」

「斬撃か……風系？」

「いや……風を飛ばしていたような感じはしなかったな」

「なるほど魔力操作系か。宿主を操るのもその辺から来てるのかな。ならあれが……」

ぶつぶつと呟きながら雑に積んである作品を探し始めるガント。

実にマイペースな人物のようだ。それを尻目に店員が頭を下げる。

「申し訳ありません、彼ちょっと変わり者でして……」

「職人は大なり小なりそんなものだろう。気にするな。彼らに求めるのは仕事の出来だけだ」

それ以外をフォローするのが店員やオーナーの仕事だ。

「ああ、あったあった。ホイこれ」

「これは……グローブか？」

しばらくしてガントが目当てのものを見つけたようだ。

彼が持ってきたものは一見ただの丈夫そうなグローブのようだが、特殊な材質で造ってあるのが見て取れる。

指部分に何か詰め物のような膨らみがあるのが特徴的だ。

「つけて」

詳しい説明はそれからだと言わんばかりのガント。

それに従いグローブをつけると、掌を開いたり閉じたりして感覚を確かめる。

手首の部分に魔力核と思われる薄紅色の宝石がついている。

「ふむ、バトルグローブのようなものか。この詰め物は砂鉄か？」

着け心地は意外に悪くない。

手を保護する造りになっているそれは頑丈に出来ていながらも、操作性を損なわないラインになっている。

握り込むとナックルパート部分の詰め物が硬くなり、インパクトの威力が増す造りのようだ。

「人差し指の所にあるスイッチを押しながらあれ殴ってみて。衝撃強いから腕、気を付けてね」

言われて親指で探ってみると確かに突起物のようなものがある。

それを確かめながら以前にも試し斬りの際に使ったのと同じタイプのフルプレートの前に立つと構える。

反動があるかのような口ぶりだったので本気では殴らず、抑えめに拳を放つ。

「シッ」

鋭く、しかし軽く。

威力より速度を重視したそれは本来であればバトルグローブを着けていたとて、フルプレートにわずかなへこみをつけるのが精々のはずだった。

「あ、やば」

製作者であるガントは想像以上の拳速に思わず不吉な言葉を零《こぼ》したが今さら止められるものでもない。

ガントの言葉と同時、プレートに拳が当たる。

拳が接触した瞬間に魔力という燃料を使い、バトルグローブに刻まれた魔術が起動する。

ナックルパートに詰められた触媒から伝わった魔術で発生した衝撃波が、乾いた音を立ててフルプレートの装甲を撃ち抜いて後方へ抜けた。

「うおっ!?」

同時に発生した斥力によって腕が勢いよく跳ね返される。

事前に備えていなければ腕を痛めていたかもしれないほどの勢いにたたらを踏んで堪えた。

「ジグ様、大丈夫ですか？」

「……ああ、平気だ」

体勢を崩したジグに店員が駆け寄るのを手で制しながらグローブを見る。

グローブに傷はなく、少し熱を持っているくらいだ。

「あちゃー……出力がパンチの強さに比例するからやりすぎないようにって声掛けとくの忘れてたよ……」

「すまん、加減はしたんだが」

「加減してコレなら僕がちょっと見くびってたかも。まあそれはいいや」

ガントが鎧を持ち上げて見せてくる。

拳が当たった胴体部分には丸い穴が開いて見事に貫通していた。

「これが衝撃の魔術刻印を刻み込んだ僕の自慢の一品、インパクトグローブだよ。効果は見ての通り」

「なるほどな……徒手で重装甲兵に致命打を与えられるとは恐れ入った」

「いや魔獣用なんだけど。なんで人に使うこと前提なの」

ガントが何か言っているようだが、ジグはそれを上の空で聞き流しつつこの魔具を分析する。

（威力は悪くない。最大出力でどこまで出るのか……それに伴う反動も気になる。際限がないなら、下手すると腕が壊れかねんな。問題はこれ自体の耐久力と……）

「今のを何発撃てるんだ？」

肝心な燃費について聞いてみる。

「今くらいの威力なら十発ってところかな……言っておくけど装甲の厚い魔獣や剣の利かない魔力生命体用だからね？　人間相手に使わないでね？」

「十発か……」

微妙な数字だ。

切り札として見るなら多いが手段として見るなら少ない、そんな数。

「魔力核は交換すればまた使えるよ。加工する必要はあるけど」

「ほう、それはいい。いくらだ?」

「グローブ本体で百五十万。交換用の魔力核は加工費含めて一回四十万」

値段を聞いたジグが無言でするりとグローブを脱ぐと店員の方を見る。

「……さて、魔力核の買取をしてほしいんだが」

「まって、まってよ! 今のはあくまで正規価格。魔力核持ち込みだし交換いらないでしょ? お客さん将来性もありそうだしもう少し安くできるって!」

慌てて引き留めるガントにため息をついて振り返るジグ。

「弾代だけで一発四万もする魔具が多少安くなった程度で気軽に使えるものか。いったいどれだけの魔獣を倒せば元が取れるというんだ?」

「いやいやこの魔力核なら相性もいいしそこらの奴よりずっと効率よく撃てるよ!」

「それでも本体価格が高すぎる」

「でも値段に見合うだけの性能は……」

実際買えない金額ではないがそこまで払ってまで欲しいかというと微妙だ。

しかしガントもどうにか買ってもらおうと食らいつく。

高い、いや適正価格だ。

値段について言い合っている二人をしばし無言で見ていた店員が埒が明かないと動く。

「ガントさん、よろしいですか?」

「ん、なに？　今取り込み中なんだけど……」

面倒そうに見てくるガントににっこりと微笑む店員。

しかし続く言葉にガントの顔色が変わった。

「そちらの魔具を造られたのはいつのことでしょうか？」

「それは……二年前、かな……？」

「四年前でございます」

あれーそうだったかなーと白々しいセリフを吐くガント。

対して店員は笑顔のまま詰め寄る。

「以前も伝えたかと思いますが、売れない在庫をいつまでも抱えている訳にはいかないんですよ。売れないままでいるくらいなら多少安くとも売れるうちにお金にしてしまうのが、お店のためにもなります。……今期ちょっと売上利益微妙ですし」

合間にチラリと本音を覗かせる。

ガントはそれに対して反論ができずにまごついていたが、そこにジグが口を挟む。

「何故売れ残っているんだ？　なにか欠陥でもあるのか？」

「そういう訳ではありません。ジグ様もあの両剣を使っているので知っているかもしれませんが、ガントさんは優秀な鍛冶師です。……ただ少しばかり、ニーズより自己満足を優先させる傾向がありまして」

遠回しに表現する店員。

ガントが不貞腐れたように投げやりに言い放つ。

「〝性能が良くてもわざわざ魔獣を殴りに行く奴はいない〟ってさ。別に何もこれをメイン武器にしろって言ってるわけじゃないのに……」

「なるほどな」

冒険者たちの言い分もよく分かる。遠くから安全に攻撃する手段があるのに、わざわざ近づいて殴ることのメリットがデメリットを上回るのは難しい。

ガントの言うサブウェポンにするには高すぎるうえに撃てる数にも制限があり補充も安くないとくれば、多少性能がいい程度ではとてもではないが買い手は付かないだろう。

無骨な見た目なのでその手のコレクターにも需要がなさそうだ。拳で相手を倒すことに拘りがあるような余程の物好きがいれば話は別であるが。

ジグは物好きでもなければ、もちろん拳に拘るわけでもない。

だが遠距離攻撃など精々投擲《とうてき》ぐらいしかできず、先日のように物理攻撃に耐性のある魔獣に対する手札が欲しいだけだ。

「こういった次第でして……ジグ様、率直に聞きますが予算はいかほどで？」

既に元を取れればいい程度に考えている店員が、値段交渉諸々をすっ飛ばして聞いてくる。

彼女の口ぶりを考えるに少なくない原材料費がかかっているようだ。

ジグは今現在の持ち金と向こうひと月分ほどの必要経費を差っ引いて、自分が自由に使える額を計算する。

「……百二十万、それ以上は出せない。これの加工費込みでだ」

魔力核を見ながら伝えると店員はガントに目配せする。

彼はしばし唸っていたが、やがて肩を落とすと両手を上げた。

それを見届けた店員が良い笑顔で告げる。

「商談成立です」

ジグの手を採寸すると、それに合わせて微調整をしにガントが奥へ引っ込む。

「加工も合わせてすぐ終わりますが、待ちますか？　よろしければ宿にお届けしますが」

「早速明日試してみたいからな。待つことにする」

「承知いたしました」

「すまんな。無理に値下げさせたようだ」

「いえ、在庫が捌けず困っていたのも本当でして」

店員はそう言って代金を受け取ると、それをまじまじと見る。

「どうかしたか？」

何か不備でもあったのかと思って声を掛けると店員が笑って首を振る。

「いえ……ついこの前来たばかりだというのに、もうこれだけ稼ぐようになっていたことに驚いていまして」

「ありがたいことに、仕事が次々来てくれてな。この街には仕事のタネが沢山転がっていそうで何よりだ」

戦争がないと聞いた時には食うに困るかと焦ったものだが、実際は大きく違った。

この街、いやこの大陸では本来起きるべき戦争が起こせない歪みが様々なところに波及していて平穏とは程遠い。大規模な殺戮こそ起こらないものの、そこかしこで騒動や諍《いさか》いが尽きることはなかった。

冒険者繋がりで来る依頼も多く、それもシアーシャの護衛のおかげともいえる。

彼女と出会ってから多くのことが変わった。

まさか伝え聞く異大陸に自分が渡る日が来るとは夢にも思わなかった。ましてやそこでは魔術がまだ残っていて、魔獣という異形の化け物と殺し合っている。

思わず笑ってしまう。あちらの古馴染みたちに話したらなんと言うだろうか。

(頭がおかしくなったと思われるだろうな)

自分が聞かされてもそう思うだろう。

(……ライエルなら、なんと言っただろうか)

頭に浮かんだ疑問はもう二度と聞けることはない、詮無いことだ。

それでもあの軽薄で面倒見のいい先輩傭兵がなんと答えるのかだけが、妙に気になった。

†

賞金首はいなくなった。

しかし冒険者の数が少なくなったとはとても言い難い。

短期間とはいえ抑圧されていた冒険者たちが、邪魔者が倒されたと知るや否や波打って押し掛けたからだ。

とりわけ借金を抱えている者たちは、鬼気迫る表情で我先にと魔獣を探している。

ジグは以前ローンを持ち掛けられたときに尻尾を巻いて逃げたが、冒険者にとって借金をすることはよくある話だ。

上手く優良なクランに所属できれば話は別だが、そうでない者の方が多い。

元手がなく始めた者、怪我の治療費で首が回らなくなった者、散財して必要な消耗品すら買えなくなった者などなど。このご時世に限らず、金がない理由には事欠かない。

だがそういった冒険者は大抵浅い部分で狩りを行うため、七等級とはいえ深部に行けば比較的マシだった。

それでも同じ理由で深部に行く冒険者が増えていつもより数は多いのだが。

シアーシャとジグはそこで狩りをしていた。

対峙するのは岩石蜥蜴《がんせきとかげ》と呼ばれる、鉱物を取り込んで硬い外殻を纏った大きな魔獣だ。

この魔獣は基本肉食だ。針金のように細く硬いブラシのような毛が生えた舌で岩や鉱物を削り取ることで外殻を生成しているので、それらを与えない環境で成長すれば大きいだけの普通の蜥蜴と同じ見た目になるとシアーシャから雑学を聞いていた。

「新しい術の実験台にはちょうどいいですね」

そう言って彼女が詠唱を始める。

彼女の前に構成された術により生み出される新技。

生成されたのは細長い普通の岩槍に見える。いつものものより一回り以上も小さく、女性の腕ほどしかない。

先端がただの岩とは違う色をしているのが特徴的だがそれだけだ。

生み出されたそれを魔獣めがけて撃ち出す。

速い。

恐らく魔力の配分を射出に大きく割いているのだろう。

防御に秀でている分、動きに難のある岩石蜥蜴は高速で撃ち出された岩槍を回避できずにまともに受けた。

硬い外殻をものともせず貫いた岩槍。

(駄目だな。体が大きすぎて致命傷には程遠い)

岩石蜥蜴の巨躯からすれば、あのサイズでは倒すのに数十発は必要になる。

そう考えていたジグの目の前で岩石蜥蜴が苦しみだした。

「……なんだ？」

訝しむジグを余所にさらに数発の岩槍が撃ちこまれる。身悶えていた魔獣は見る間に弱り始め、やがて動かなくなった。

穿たれた穴は六つ。

とてもではないがあの魔獣が死に至るほどのダメージには見えない。

（……毒か？）

警戒しつつ魔獣の死体を調べるが毒物のような匂いや痕跡は見られない。

首をかしげるジグにシアーシャが不敵に笑う。

「ふっふっふ。どうですかジグさん？　綺麗な死体でしょう」

「ああ、見事だ。どんなカラクリだ？」

ジグの質問を待ってましたとばかりに一本の岩槍を生成して見せると、その先端を指差すシアーシャ。

そこをよく見ると色が違うだけではなく材質が違うことに気づいた。

「この部分、実は粘土で出来ているんですよ」

「粘土？」

「はい。籠める魔力を増やすことで硬質化させています」

当然だが粘土より岩の方が硬いので必要な魔力量は増える。それ故にサイズがあの程度まで小さくなっているのだろう。

なぜわざわざそんな手間を掛けるのか理解できない様子のジグに説明を続けるシアーシャ。

「特別硬質化させるのはこの粘土のさらに先端だけです。これが命中すると……」

言葉を切って術を唱える。

いつもの土盾を生成するとそれに向かって加減して撃ち出した。

岩槍は先端は突き刺さったが特に硬質化していない粘土部分は潰れてキノコの笠状に広がってしまっている。

「ここがキモなんです。魔獣の体に入った岩槍の笠状の部分が抵抗となって内部をぐちゃぐちゃにかき回すんです。ただ貫通させるよりもずっと深手を負わせられますし、肉や筋がズタズタなので回復術での治療も非常に困難なとても画期的な魔術なんですよ！」

「……うむ」

得意気に語るシアーシャ。

そのえげつない凶悪な魔術にジグですら思わず閉口してしまう。

とんでもない魔術だ。

仮に親指サイズのそれを腕に一発貰っただけでも戦闘不能どころか、治療が遅れれば命に関わる致命傷。運よく助かっても腕は切除か、どちらにしても使い物にならないだろう。

「あー、シアーシャ。この術はあまり広めない方が……」

「もちろんです。というか、結構複雑な構成なので並の魔術師ではまず扱いきれませんよ」

「うむ、それは良かった」

あんな魔術が広く知れ渡ってその辺の魔術師が気軽に使ってきたとしたら、傭兵を廃業することも考えるところだ。

内心胸をなでおろすジグ。

「そもそも資格のない人間が攻撃魔術を教えるのは厳しい罰則があるんですよ」

「そうなのか？」

「簡単なものでも攻撃術は十分人を殺傷することが可能ですからね。近所の言い争いや痴話喧嘩が魔術の応酬になったりしないためだそうです」

それもそうかと納得する。子供や酔っ払いが安易に人を殺す術を使えるようになっては治安上非常にまずい。

「魔獣の内部のみを破壊するこの魔術なら素材に傷をつけずに回収できるんです。手を無駄に汚さずに済むし実にエコだとは思いませんか？」

「……そうだな？」

エコってそういうものだったかなという疑問を考えないようにして返す。

実際彼女の術は実用的で、かなり高等技術なのだろう。

ジグは魔術について詳しくないが、他の魔術師が使うものを見ていればある程度の察しは付く。

一つの魔術にここまでの構造を持たせているのを他に見たことがないのは無関係ではないだろう。

そうしていると次の魔獣の気配を感じ取ったジグが注意を促す。

「次、来るぞ」

「入れ食いですね。残らず平らげましょう」

ジグが剣を抜き、シアーシャが術を組む。

現れた魔獣たちに向かって魔術が叩き込まれるのに合わせて、ジグが駆けだした。

先頭の魔獣が魔術の直撃を受け血を撒きながら倒れ伏す。

出鼻を挫かれた魔獣が味方の死体にもたついている間に、距離を詰めたジグが双刃剣を振るう。

体を回転させ次々と放たれる斬撃により、ミキサーに突っ込まれた野菜の如く触れた端からバラバラになっていく魔獣。

正面からでは勝負にならない魔獣が、包囲しようと左右に広がるのをシアーシャが的確に撃ち抜いていく。

足並みを乱された魔獣の群れが壊滅するのも時間の問題だった。

「そういえばジグさんのそれは魔具ですか？」

倒した魔獣を剥ぎ取っているとシアーシャが昨日買ったグローブについて聞いて来た。

ガントが加工した魔力核はリング状になっており、ブレスレットのように手首周りについている。

その魔力を感じ取ったのか興味深そうに見ていた。

「ああ。外部ソースに頼ったタイプなら俺でも扱えるみたいでな。使い切りで補充が必要だが、いざというときの切り札としてな」

「ふむふむ、面白そうな魔術刻印ですね。後で見せてください」

「……壊すなよ？　高かったんだからな」

話しながら素材を剥ぎ取っていたジグが、死体の山を見て疑問を覚えた。

魔獣は特筆するところのない蜥蜴タイプばかりであったが、妙に種類が多い。

「こいつら、集団で行動するタイプだったたか？」

ジグの指摘にシアーシャが視線を鋭くする。

魔女の顔であらためて魔獣を確かめると首を横に振った。

「そういうタイプもいますが、ほとんどは群れない魔獣ばかりですね。……以前は騒ぎを起こしたから魔獣が沢山寄ってきましたけど、今回は心当たりがありません」

となると何か別の要因があるようだ。

魔獣の死体を観察するが、取り立てておかしなところは無い。操られていたという線は捨てていいだろう。

偶然以外に残る可能性は。

「……寄ってきたのではなく、逃げてきたのか？」

「その可能性が高そうです。あちらを」

同じ考えに至っていたシアーシャが指す方を見る。

複数の魔獣が来た方向は草木が踏みにじられてちょっとした道になっている。

その痕跡はさらに奥の方へと向かっていた。

「どうしましょう？」

興味が隠し切れないといった目をしながら聞いてくる。

既に答えが固まっている様子のシアーシャに、やれやれとジグが肩を竦める。

「依頼主のご希望通りに」

満足いく答えを聞けた彼女は艶然と微笑んで黒髪を靡《なび》かせて歩き出す。

その後を苦笑しながらジグがついていった。

ジグが先導し魔獣が来た方向を辿って行く。
痕跡は思ったより長く続いていて道中に他の魔獣の気配もない。
その違和感が余計にジグの警戒心を煽る。
（大物かもしれないな）
以前初めて魔獣討伐に赴いた時のことを思い出す。
あの時追い立てられた魔獣たちの原因は幽霊鮫という例外だった。
今回も似たようなことが起きている可能性もある。
あの隠密能力は驚異的だった。
同格の魔獣がそれに匹敵する魔術を扱うかもしれないことを考えれば気は抜けない。
「追いついたみたいですね」
そうしてしばらく進むと、何か大きなものが暴れているような音が聞こえてきた。
逸《はや》るシアーシャをなだめて、ジグが慎重に距離を詰めて様子を窺う。
暴れていたのは二匹の魔獣だが、魔獣同士で争っているのではない。
同種の魔獣が冒険者相手に苛烈な攻撃を仕掛けていた。
ジグの肩に手を掛けて乗り出したシアーシャが魔獣を見て目を見張る。
「あれは削岩竜《さくがんりゅう》！　どうしてこんなところに……」

削岩竜は四等級中位に位置する魔獣だ。

竜とはいうものの翼は無く飛行能力を有していない。前傾姿勢の二足歩行でバランスを取るための尾が太い。

鉱石や岩を食べるが岩石蜥蜴と同じく、雑食で何でも食べる。頭部が特大のピッケルのような形状をしていて、これを岩に打ち付けて砕く姿が名前の由来だ。

尾の先端はハンマーのように膨らんでおり、これと頭部を武器にしている。

当然だが、岩場の少ないこの辺りにいる魔獣ではない。

「きな臭くなってきたな……」

「アレが本来の住処《すみか》を離れる理由にはとても興味を惹かれますが、それは後にしましょう。あれって結構まずい感じですかね？」

シアーシャが指す先にいるのは、削岩竜と交戦している冒険者たち。

二匹の猛攻をうまく凌いでいることから、実力者なのは間違いないだろう。

しかし反撃に移るほどの余裕が無いようで防戦一方。怪我人もいるのか逃げることもままならず、このままでは全滅必至だろう。

特にこれといった魔術も使わず、知能もそこいらの蜥蜴と大差はない。これと言って特別なところのない削岩竜だが、決して弱いわけではない。

厄介な魔術を使う訳でもないのに、その強靭な肉体のみで四等級相当の危険が認められたということだ。

頭部はもちろんのこと全身が非常に硬く生半可な攻撃を通さず、魔術は比較的通りが良いという程度で弱点というには程遠い防御力。

強靭な脚が生み出す速度は巨体に見合わぬ突進力を誇り、まともに食らえば即死は免れない。

シンプルな強さゆえに誤魔化しが利かず、パーティーの総合力を問われる魔獣だ。

二匹のうち片方は傷だらけでそれなりに消耗している。

恐らく一匹と戦闘中にもう一匹に乱入でもされたのだろう。

「あのままじゃ不味いだろうな」

「……助けた方がいいんですかね？」

「好きにしていいぞ」

「うーん……」

ジグに判断を委ねられ悩むシアーシャ。

助けた場合のメリットは相手の懐具合や良心に依存している不安定なものだ。恩を返さない程度ならともかく、最悪仇で返すことすらありうる。

そんな相手にこちらが手間を掛ける価値があるのだろうか。

一番利益が出るのはこのまま見殺しにすることだ。

なるべく足掻いてもらって消耗した削岩竜を倒し冒険者の身ぐるみを剥げばいい。

しかしシアーシャにもそれが不味い選択であることは分かる。

「……」

横目でジグを盗み見る。

彼は決して善人などではなくとても容赦のない男だが、外道ではない。

その手の蛮行に良い顔をしないだろう。

「……助けましょう」

「いいのか？　相手次第では面倒なことになるが」

「その時はその時ですよ。埋めちゃえばいいんです」

「そうか」

言うなりジグが立ち上がる。

「なら早い方がいいな。そろそろ限界のようだ」

味方をかばいながらの防戦は消耗が大きいようだ。徐々に動きの精彩が欠け始めていた。

「私じゃ巻き込んじゃうんで、片方を引きつけます。その間にもう一匹をお願いします」

「了解」

短いやり取りで二人が動く。

シアーシャが術を組んで岩塊を生み出すと、一匹に向かって撃ち出した。

岩塊は今まさに打ち下ろそうとしていた頭部に直撃する。

術を受けた削岩竜はたたらを踏んでよろけると、攻撃の主を探してきょろきょろとあたりを見回す。

今の攻撃はさしたる痛手にもなっていないようだ。

「来い。硬いだけが能の蜥蜴風情が。格の違いを教えてあげましょう」

言葉が分かるわけでもないだろうが、攻撃されたということは敵だ。

傷だらけの削岩竜は怒りの咆哮を上げるとシアーシャに突撃していった。

一匹の削岩竜が離脱していく。

それを確認しながらジグが駆ける。冒険者たちの追撃に夢中の削岩竜はこちらに気づいた様子もない。

背の双刃剣を抜くと走る勢いそのままに振るった。

突進の予備動作を取っている削岩竜の脚を狙った一撃は右脚のすねのあたりを叩く。

鈍い音が響くが強引に振りぬいた。表面を覆っている甲殻が弾け飛びはしたものの切断には至らない。

しかしその衝撃は相当なもので、足を払われたかのように盛大にこける削岩竜。

「援護する」

巨体がバランスを崩して転がるのに合わせて冒険者が機を逃さずに退く。

「っ!?　助かる！」

彼らは素早く怪我人を抱えると何人かが下がっていく。

しかし全員ではなく、まだ戦える者がお返しとばかりに術を叩きこむ。

氷弾が命中し凍らせた部位を衝撃力のある術で吹き飛ばした。

見事な連携に横っ腹の大きな甲殻が剥がれて防御の薄い箇所が生まれた。

そこに向かってジグが走る。

しかしそれを読んでいたのかそれとも本能のなせる業か、身を起こした削岩竜が体を半回転させ尾で薙ぎ払う。

ハンマーのように振るわれた尻尾が轟音を立てて迫りくる。

「ぐぁっ!?」

「っ、おっと!」

その攻撃にジグと同じように、弱点を突こうと前に出ていた者が弾き飛ばされる。

咄嗟に盾で防いだようで致命傷では無いようだ。

ジグはスライディングで尻尾を避けると、削岩竜の脚の間を抜けて顔の下に回り込む。耳が痛くなるほどの風を伴って眼前を通り過ぎた尾。

肘で地面を叩き、その反動で身を起こす。身を翻して地を蹴り、脚を踏みしめ、トリガーに指を掛けると真上に向かって左の強烈なアッパーカットを叩きこんだ。

衝撃に反応し魔具に刻まれた術が発動。打ち出された衝撃波が削岩竜の顎を撃ち抜いた。

尾を振って獲物を視界の外にした削岩竜は、予想だにしない場所からの衝撃に混乱する。

流石の防御力で衝撃波は甲殻を弾けさせたのみにとどまったが、強烈な攻撃に削岩竜の頭部が大きく打ち上げられた。

ジグの目の前で、首の甲殻を失い喉元をさらけ出す削岩竜。

「はぁっ！」

衝撃波の反動で大きく下がろうとする左腕。その勢いを回転に流して全力で双刃剣を振るった。

高速で振るわれた剣先が、守りを失ってなお頑丈な首元の肉を大きく抉《えぐ》り取る。

ごっそりと抉れた首から遅れて噴き出る血液。まともな生き物ならばここまで首の肉が無くなれば即死だ。

しかし削岩竜はまだ死んでいない。

「っ!?」

滴る血液を追うように削岩竜が頭を打ち下ろした。

双刃剣を振り切った体勢では避けきれないと判断したジグが咄嗟に柄で受け止める。

鈍い音を立てて尖った頭部を受け止めた衝撃でジグの脚が地面にめり込む。

「ぬ、おお……!!」

確実に致命傷だというのになんという力だろうか。

必死で押しとどめるジグと文字通り死に体である削岩竜の視線が至近距離で交わる。

〝お前だけでも道連れにしてやる〟

種族は違えどもこの魔獣の意思は十二分に伝わって来た。

(だがこちらがそれに付き合う義理はない)

「……っ、うらぁあ!!」

あえて左の力を緩める。

それと同時に右腕の力を瞬発的に高めて跳ね上げて頭部を左へ弾く。一瞬でも遅れれば胸に突き立てられる危険な綱渡り。

ジグの技量と腕力、そして何より胆力がそれを可能にした。

狙いを逸らされ地面に突き刺さる削岩竜。

その首を弾いた勢いそのままに双刃剣が上から叩きつけられる。

既に半分近く無くなっていた首はその斬撃でようやく切断された。

†

岩槍が削岩竜の表皮に弾き飛ばされる。

「ふむ、やっぱりある程度硬いと効果はほぼないみたいですね」

シアーシャの新しく開発した術は威力を上げたわけではない。

対象の内部を破壊する構造のため、そもそも硬すぎる相手には表面で弾かれるだけで何の効果もない。

「まあ、それなら遠慮なく潰しましょうか」

迫る削岩竜の行く手を土盾が阻む。

しかし頭部を殴りつけられてものけ反るだけで時間稼ぎにしかならない。

忌々し気に土盾に頭突きを叩きこむ。

ピッケルのような頭部と大質量の一撃に土盾が崩れ去る。

「威力と硬さは大したものですが、遅い」

三枚の土盾が破壊されるまでさしたる時間も掛からなかったが、彼女が術を組むには十分すぎる時間だ。

シアーシャが手をかざすと地の杭が四方から飛び出した。

魔力を練り上げた螺旋状の杭が削岩竜の頑強な甲殻を削り取り、肉に至る。

苦痛と、自らの防御を抜かれた驚きから咆哮を上げる削岩竜。

「おや、これでも死にませんか」

縫い留められて藻掻く削岩竜に驚いた表情を浮かべるシアーシャ。

その身に更なる魔力が込められていく。

——動かなければ死ぬ。

そう悟った削岩竜が傷つくのも厭わずに杭から身を引きちぎった。

だがそれはあまりに遅すぎた。

「前言撤回します。ただ硬いだけでもここまで行けば能がないとは言えませんね」

その手にあるのは剣のような形状をした黒い塊。

しかしそのサイズは身の丈を超える、どころか削岩竜と同じ大きさであった。

過剰に籠められた魔力が圧縮した岩を黒く染め上げる。そのあまりの異常さに削岩竜が恐怖で立ち竦んでしまう。

「さようなら」

重さなど感じないかのように巨剣をゆっくりと掲げたシアーシャが微笑む。

振り下ろされた黒い巨剣は削岩竜の頭部に直撃。

僅かな抵抗の後、その頭部から股下までを一息に断ち斬った。

†

「助かった、ありがとう」

首の無くなった削岩竜に残心をとっていたジグ。

そこに先ほどの冒険者が声を掛けてきた。

「……もう死んでるよ？」

残心を解かないジグに冒険者が怪訝な顔をする。

そこでやっと剣を収めたジグ。

「……最近、死んだと思ったやつが生きていることがあったから一応、な」

流石にあんなことはそうそうある訳では無いようだが。

警戒を解いてそこでようやく声を掛けてきた冒険者を見る。

しかしそこでジグは思わず固まってしまった。

男の容姿に驚いたためだ。

緑の瞳は縦に長く、先ほどの削岩竜を思わせる爬虫類のもの。

肌も暗い緑をしており光沢のある鱗が覆っている。

頭は蜥蜴を思わせる……というか蜥蜴そのもの。

尖った口先から時折チロチロと舌が覗いている。

(魔獣、ではない……はずだ。人の言葉を話しているし敵意もない。魔術の匂いもしない……本物なのか)

以前から時折見かけた獣のような頭部をした人間に類するものだろうか。

亜人と呼ばれていた彼らを遠目に見たことはあった。しかし目の前にいる蜥蜴顔はそれらと比較しても随分衝撃のある顔つきをしている。はっきり言って魔獣と大差ないようにしか見えないし、襲い掛かってこないのが不思議なほどだ。

被り物である可能性は考えていない。

こんなに表情を緻密に動かせる被り物などあるはずもない。

よくよく見れば他の冒険者たちも皆、頭部や体つきが人ではないことに今更ながら気づいた。

蜥蜴だけでなく獣や鳥、虫のような者までいる。

「どうか、したか？」

唐突に動かなくなったジグに蜥蜴男？　が怪訝そうな顔をする。

「う、む。いや、なんでもない……ぞ？」

「そう？」

しどろもどろに返すジグに舌をチロチロさせながら蜥蜴人間が一歩近づいた。

未知の存在が近づいたことに対し思わずジグが一歩引いた。

「……」

それを見た蜥蜴人間が表情をわずかに変えた。

相手の表情を注意深く見ていたジグはそれを察知した。しかし変化には気づいてもどういう理由で変えたのかが分からない。

「……ねえ。コイツ、もしかして澄人《すみびと》教なんじゃないの？」

不審な態度のジグを怪訝そうに見ていた冒険者の誰かが呟いた。

瞬間、その場の空気が変わった。

嫌悪、憎悪、軽蔑。

口には出さなくともそういった負の感情が彼らから滲み出ているのを感じた。

「っ！」

人からかけ離れた容姿の者たちから唐突に向けられた敵意すれすれの感情に、ジグが条件反射で臨戦態勢に入ろうとする。

「皆、いけない」

しかしそれを止めた者がいた。

他ならぬジグの前にいる蜥蜴人間だ。

彼は他の冒険者たちを手で制すと非難の視線を向ける仲間を見た。

「この人、助けてくれた。澄人教、関係ない」

「でも……」

「助けてくれた人にお礼言えないの、よくない。僕たち、ケモノじゃない」

蜥蜴人間に言われて仲間たちが不満そうにだが、それでも負の感情を収める。

彼がこの冒険者たちのリーダー的立ち位置のようだ。

改めてジグに向き直ると頭を下げる。

「怖がらせてしまって、ごめんなさい。助けてくれてありがとう。お礼、必ずする」

頭を下げるその姿からは、なるべくこちらを刺激しないよう細心の注意を払っているように見える。その姿からは人と何ら変わらない理性が垣間見え、無為に剣を抜くことを躊躇わせるだけの誠意すら感じる。

敵ではない。頭を下げる蜥蜴男の様子からそう判断したジグは双刃剣に掛けていた手を離す。

「……礼は依頼主に言ってくれ。それと、別に怖がっていたわけではないんだ」

ジグの言葉を聞いた蜥蜴人間が顔を上げた。

小首を傾げて舌を出し入れする姿からは何も読み取れない。

「初めて見たものでな、あんたのような……なんだ？」

「……亜人。あなたたちは、そう呼んでいる」

蜥蜴人間はそう言うが、ジグはそれを聞いて眉を顰める。こちらの人間はそう呼んでいたようだが、先日見た犬人間とこの蜥蜴男が同種族のはずもない。

「……それは人間側の総称だろう。自分たちでそう名乗っているわけではあるまい？　俺は、あんたが自分たちをどう呼んでいるのか聞いているんだが」

別称、あるいは蔑称ではなく、本来の呼び名を知りたい。そういった意味の言葉だった。

しかしなぜか蜥蜴人間はその言葉に瞳孔を開かせた。縦に裂けた瞳がジグをしっかりと見据えた。

「……鱗人《うろこびと》。緑鱗《りょくりん》氏族のウルバス」

「ジグだ。傭兵をやっている」

「よろしく、ジグ」

ウルバスは少し考えるとゆっくりと右手を差し出してくる。

握手かとも思ったが、よくよく見れば握りこぶしだ。

「これ、鱗人の挨拶」

不思議そうにするジグにウルバスがそう言ってこぶしを上下に揺らす。

「相手と反対の腕でやるのが礼儀」

「こうか？」

左手でこぶしを差し出すと、ウルバスがこぶしを近づけて節と節をこすり合わせた。

珍しい挨拶だなと思いながらも、ジグがなんとなくで合わせてこぶしを上下に揺らす。

ふと気が付くと、他の冒険者たちがその様子を食い入るように見つめているのを感じた。

何か重要な挨拶なのだろうか。

手を離すとウルバスはしばらくそのこぶしをじっと見ている。

「……ジグは澄人教、知らない？」

「ずっと遠くから来てな。こっちの宗教どころか、別の種族を見ること自体、ほとんど初めてだ」

「そう……他の種族、怖くない？」

「驚きはしたな。正直言って、何も知らなければ魔獣と勘違いしていたかもしれん」

ジグの率直な感想に、ウルバスは目を細めてシュルシュルと舌を出しながら続きを促した。

「今は？」

「少なくともケモノの類ではない。敵対しないのならば、こちらから刃を向けることはないな」

「……そう」

ウルバスは振り返って仲間の方を見た。

「どう？」

「礼はする……あんたの雇い主にな」

彼らはそう言って削岩竜の剥ぎ取りに向かおうとした。

そこでウルバスが声を上げた。

「そういえば、もう一匹の方忘れてた。ジグの仲間、大丈夫？」

終わったと思い込んでいた冒険者たちが厳しい表情を浮かべる。

彼らに竜ともう一戦交える程の余力は残っていない。

「ああ、そっちは気にする必要はない」

その言葉が終わる頃。

魔獣の悲鳴が辺りに響き渡った。

咆哮ではなく悲鳴。

そう断言できるほどにその音は恐怖に満ちているのが聞き取れた。


「ジグさーん。こっち終わりましたー」

しばらくしてひょこりと顔を出したシアーシャが歩いてくる。

「俺の雇い主、シアーシャだ。助けたのは彼女の命令によるものだ」

「どうも、こんにち……わ!?　ジグさん、蜥蜴です、蜥蜴さんですよ！」

挨拶の途中でウルバスたちに気づいたシアーシャが大興奮している。

「……彼女もかなり遠いところから来ていてな。異種族を見るのは初めてだから、失礼があっても大目に見てやってくれ」

「よろしく、シアーシャ」

「あ、はい。よろしくお願いします。私、亜人と話すの初めてですよ」

「そう」

ウルバスとシアーシャは握手をする。

ひんやりとした鱗の感触に興味深そうな顔をしていたシアーシャが、ふとあることに気づいてウルバスに伝える。

「私たちは澄人教とは関わりがないんで、誤解なきよう」

「そうみたい」

ウルバスはジグを見ると目を細めてゆるりと尾を揺らした。

シアーシャはよく本を読んでいるので、こちらの宗教などもある程度は把握しているようだ。

ジグも気にはなったが、本人の前であれこれ聞くのもどうかと思い疑問を仕舞うことにした。

(どういったものか、大体の想像はつくしな)

彼らの反応を見るに、あまり博愛主義的な宗教では無いようだ。

ウルバスはシアーシャに向かって頭を下げた。

「助けてくれて、ありがとう。このお礼は必ずする」

「貸しにしておきます。助けたのは成り行きと気分でしたので」

そんなことより、と。

シアーシャが削岩竜の死体に目を向ける。

「いくつか聞いてもいいですか?」

「もちろん」

シアーシャとウルバスは、削岩竜との交戦に至った経緯や状況などを話している。

元々彼らは削岩竜を標的にしていた訳では無いようだ。

生息地を考えれば当然のことではあるが。

依頼があった魔獣を狩りに行く途中で一匹の削岩竜と偶然遭遇し、襲われた。一匹であれば勝算は十分にあると判断したウルバスたちは応戦し、徐々に追い詰めていった。

しかし途中でもう一匹の削岩竜が現れた。

二匹を同時に相手取るほどの実力は自分たちにはない。

即座に撤退をしようとしたが、運の悪いことに二匹目は自分たちを挟み込むような位置にいた。

足の遅い魔術師が突進を避けきれずに負傷してしまい、それを庇っているうちに逃げることもままならず追い詰められてしまったとのこと。

「ではウルバスさんたちも何故削岩竜がここにいるのかは分からないんですね」

「そう。元の生息地で何かあったのかも。ギルドに急いで報告する必要、ある」

「そうですね。奥地とはいえ七等級の狩場に竜が出たなんてとんでもないことです。この前の賞金首といい、何が起きてるんですかね……」

シアーシャはまたしても狩場に規制がかかりそうな案件に辟易しているようだ。

ジグはその話を少し離れて聞きながら武器の点検をする。

「……少し、曲がったか？」

双刃剣を見ると気持ち歪んでいるような気がする。

硬い甲殻に全力で叩きつけた上に、頭部での一撃を受け止めたのだ。曲がった程度で済んでいるのなら御の字であるといえよう。

武器は消耗品であると身に染みて知っているジグだが、それでも大枚はたいて買った武器が傷ついたのは少し彼を憂鬱《ゆううつ》な気持ちにさせた。

体の方は問題ない。

強烈な一撃だったが幸い肩などを痛めるようなことにはならずに済んだ。

全力の攻撃を連続して行ったのでそれなりに疲れはしたが。

点検と体調チェックを終えて武器の血を拭っている頃には、二人の話は魔獣の取り分に差し掛かっていた。

「ウルバスさん、魔獣の素材や討伐を誰がしたかの評価値の取り分についてなんですが……」

それまで淡々と話を進めていたシアーシャが言いづらそうにしている。

ウルバスは言いづらそうにしている理由を勘違いして察すると頷く。

「もちろん、二匹ともそっちの手柄。実際二人が倒した。……ただ許されるなら、僕たちにも素材の一部を分けてくれると嬉しい。仲間の治療費分だけで構わないから」

「そのことなんですが……魔獣を討伐したのはウルバスさんたちの功績にして欲しいんですよ。私たちはあくまでも援護に徹していたと、ギルドに報告してください」

「……意味が、よく分からない。あなたたちに何の利点があるの？」

自分たちの利益を減らすような行為にウルバスが首をかしげる。

ですよねーといった顔をするシアーシャの説明をジグが引き継ぐ。

「ギルドの職員に目を付けられているんだ。無茶な相手に無謀を繰り返す常習犯でな。またやらかしたのが、それも竜に挑んだのがバレたら昇級どころか下がりかねん」

「できることなら自分の手柄にして早いところ昇級しちゃいたいんですがね……もう最後通牒まで食らっちゃってるんで、已《や》む無しです……」

ジグの説明に多少は納得がいったようだ。

項垂れるシアーシャを見たウルバスはふと湧いた疑問を投げかける。

「何等級なの？」

「もうすぐ七等級です」

つまり今現在は八等級だということだ。

ウルバスは舌を仕舞い、表情が分からぬジグたちでも呆れているのが分かるような口調でこぼした。

「……詐欺では？」

「冒険者の経験が浅いだけだからな。これでもギルド側が配慮して効率的に上げられる依頼を斡旋してもらっているんだ」

その上で無茶をするから余計目を付けられる。

そう付け足してジグは肩を竦めた。

ウルバスは手を顎に当てて視線を宙に彷徨わせると、ギルドの納得しそうな筋書きを頭の中で組み立てる。

「……魔獣と戦闘中に不測の事態が発生、近くにいた二人を巻き込んでしまう。非常事態のため二人に協力を要請。援護のおかげで魔獣を討伐したが矢面に立っていたのは僕たち。支援の感謝に素材の一部と評価値の分配を提案……ふぅ。こんなところで、どう？」

「申し分ないです」

ウルバスの立てた台本にシアーシャが目を輝かせる。

しかしジグはどこか懐疑的だ。

「それをそのまま通すのは少し都合が良すぎないか？」

ギルドも馬鹿ではないはずだ。

組織として長くやってきている以上、虚偽の報告や怪しいところには敏感なはずだ。

「普段なら、苦しい。けど今はそれどころじゃない事情がある」

彼が見るのは削岩竜の死体だ。

既に仲間が手際よく解体し浮遊する荷台に詰め込んでいる。

「あれがこんなところにいる理由を調べるのに忙しくなるから、多少のことは見逃される……はず」

多少の不正の臭いがする事案より目の前の脅威という訳か。

少々運任せなところもあるが無難なところだろうか。

「……嘘をつくのは心苦しい、けど。恩人のためだから、我慢する」

居心地悪そうにゆらゆらと尾を揺らしながら一人呟く。

ウルバスの様子は口先だけではなく、本当にそう思っているだろうことが窺えた。

「あー……これで貸し借り無しにしましょう」

「え？　でも、これじゃ足りない……」

「それを判断するのは私です。貸し借り無し、いいですね？」

「……あなたがそう言うなら」

シアーシャもそう感じたからこそ十分だと言ったのだろう。

蜥蜴の表情など二人とも分からないが、それを加味してもウルバスの言葉には真実味があった。

事前に軽く打ち合わせをして口裏を合わせる準備を整える。

解体を終えた冒険者たちが戻ると周囲を警戒しながらギルドへ向かった。

大暴れしていた削岩竜を恐れた魔獣が身を潜めていたためか、帰りはトラブルもなく無事にギルドに着いた。

削岩竜の素材は一匹分でも非常に嵩張るため比較的価値の高い部位を厳選して剥ぎ取ったが、

それでも二匹分の素材はかなりの量になった。

その際にシアーシャが相手取った個体を見たが、一体どうやったのか脳天から股下まで両断されていた。

魔女の力の片鱗に触れたウルバスたちが、帰りの道中に恐れの混じった視線でシアーシャを見ていたのも無理からぬことだろう。

(ここまでとはな……)

自分では奥の手を用いて装甲を砕き、急所を狙いやっとダメージを通せるようになった相手だ。

それを真っ向から打ち倒す彼女の戦闘能力は、本来自分では到底及ばない所にいるのだろう。

(勝てたのは相性と、運の良さによるものが大きいな)

彼女が強力な魔術ゆえに近接戦闘を苦手としていて、自分が後少しでも実力が足りていなかったとしたら。

結果は違ったかもしれない。

またあの時自分が彼女を殺していれば。

依頼主の息がほんの僅かにでもあったとしたら。

あるいは正規軍の人間が一人でも生きていれば。

どれか一つでも違っていれば自分がこの地にいなかったと思うと、人生とは不思議なものだ。

ギルドの職員に報告をしているウルバスとシアーシャを見ながら、そんなことを考えふける。職員がまたお前たちかと言わんばかりの視線をシアーシャとジグに向けてきたあたり、すっかり顔を覚えられてしまったようだ。

「今度は何をやらかしたの？」

「人聞きの悪い……とも言い切れないか。だが今回は善意による人命救助なんだがな」

視線を向ければイサナが着流しの胸元に片腕をひっかけながら、呆れたようにジグを見ていた。

笹穂状の耳をピコピコと動かして胡乱《うろん》げにこちらを窺う。

「善意の人命救助ねぇ。あなたが？」

「俺ではない。依頼主の意向だ」

「それなら納得。なにがあったの？」

イサナに事のあらましを説明してやると彼女は目を丸くした。

ベテラン冒険者のイサナにとっても今回のことは珍しい事のようだ。

「森に削岩竜とはまた……クサいわね。調査依頼も出るでしょうし儲け話の匂いがする。美味しい情報ありがとう。ところで……助けたのってあそこにいる亜人？」

「ああ、そうだが？」

イサナがちらりと受付の方を見る。

報告を続けている二人を見ながらイサナがポツリと零した。

「……口だけじゃなかったのね、あなた」

「なんのことだ？」

突然言われた言葉の意味が分からずにイサナを見る。

彼女はジグを横目で流し見ると口元を微かに緩めた。

「異種族だろうと異民族だろうと、金さえ払えば客だ……以前そう言っていたよね？」

「ああ、言ったな」

何を今さら言うかと思えば。

イサナは目を細めるとその長い耳を指でなぞる。

「彼らみたいな普通の人間と明らかに違う種族に対してもそれを保てるか、気になっていただけ」

そこまで言われてようやく彼女の言わんとするところを理解した。

確かにイサナたちジィンスゥ・ヤも排斥されている異種族だ。

しかし外見的特徴は顔つきと肌の色、耳が長い程度で人間との差異は少ない。

それに比べるとウルバスやその仲間たちは明確に人とは違う。

異分子を排除したがる人間にとって、外見的な違いから引き起こる忌避感や嫌悪は根深い問題だ。

イサナは彼らを見たジグがどう対応するのかに興味を持っていた。

そしてその対応は彼女のお気に召したようだ。

「……言っておくが、仲間意識を持たれても困るぞ。殊更《ことさら》に排斥はしないが敵対すれば容赦はしない」

異種族の味方、異種族に優しいなどと勝手に思われて当てにされるのは御免だと牽制する。

拒絶とも取れるジグの言葉にイサナが薄く微笑む。

「いいよ、あなたはそれで。必要以上にどこかに肩入れしないからこそ、信用できることもあるの」

「……そうか」

飄々としたイサナにどこか釈然としないものを感じつつもジグはそれだけ返す。

イサナはひらひらと手を振りながら踵《きびす》を返すと人ごみに紛れていった。

（……部族の方は上手くいっているようだな）

ジグは妙に余裕のある様子の彼女を見てそう当たりを付ける。

過剰な仲間意識を持たれても困るが、ある程度関わった相手のその後が気にならないほど他人に無関心なわけではない。

背を見送りながら内心で今後の健闘を祈っておく。

「ジグさん、お待たせしました」

「どうだった？」

戻って来たシアーシャは満足気にサムズアップする。

「無事、七等級に昇級できました。これでできることが色々広がりますよ」

「おめでとうさん。ようやく一段落か？」

「いいえ、ここからです。やっとスタート位置に就いたと言っても過言ではありませんね！」

七等級になったことで魔術書や資料などの閲覧制限も大きく解除される。

一定の信頼と実力を示したことで受けられる依頼の種類の増加に加え、特定の施設の利用などもできる。

冒険者として一人前と認められた証ということもあり、まずはこれを目指すのが駆け出しの第一目標ともいわれている。

「今日は少し贅沢にいくか」

「いいですね。たまにはパーッといきましょう」

食事をどうするか相談しながら歩く二人。彼ら……とりわけシアーシャに視線を向ける者は多い。

しかしアランやイサナたち上位の冒険者とよく一緒におり、ワダツミの牽制もあり中堅あたりまでの冒険者で余計なちょっかいを掛けようとする者はほとんどいない。

上位の冒険者はジグの力量と、それ以上に得体の知れない雰囲気を醸し出しているシアーシャを警戒している。

結果として二人は多くの注目を集めつつも比較的穏やかに過ごせていた。

しかし何事も例外はある。

後先考えないタイプの人間などどこにでもいて、そんな相手に生半可な牽制など効果がないのだ。

「よぉ、随分景気のいい話をしているじゃねえか？」

こちらを明確に嘲るような声を掛けてきたのは一人の男だ。

ニヤニヤと嫌らしい笑顔を張りつけながら歩み寄る男には見覚えがあった。

以前岩蟲の討伐隊に参加する際に絡んできた男たちだった。

あの時はアランが仲裁の体で追い払ってくれたのを思い出す。

「何か用ですか？」

シアーシャの声は硬い。

彼女も以前彼らが絡んできたことを覚えていた。

ここでは人目もあるし、ジグにも止められているため暴力に訴えることができない。

シアーシャは自分がそこまで忍耐力の低い方ではないと思っていたが、どうにもこの男たちの顔を見ていると怒りがふつふつとこみ上げてくるのが抑えきれないのを自覚していた。

(理由は分かりませんが、弾ける前に退散してしまいましょう)

何が弾けるかはあえて語るまでもないだろう。

彼女の内心を余所に男たちはにやつきながらシアーシャを眺めた。

「噂の期待の新人さんが随分と儲かってるみたいでな？　俺たちもお相伴に与《あずか》らせてもらおうと思ってきたんだよ……なあ？」

仲間に声を掛けると下卑た声で笑う。

元より明確な用事などないだろう男たちは、へらへらとした態度で絡んでくる。

「……話になりませんね。行きましょうジグさん」

「まあ待てよ。っ！」

野卑な視線と彼らの態度から、まともに対応するのも馬鹿らしく感じたシアーシャが男たちを放って進む。

逃がさないようにその肩に伸ばした男の腕をジグが掴んだ。

「……なんだよ、てめえは？」

「彼女の護衛だ。悪いがその辺にしてくれないか？」

男はジグを睨みつけていたが、やがて鼻で笑うと手を振りほどいた。

うすら笑いを浮かべながら下からねめつける。

「……てめえのことも聞いたことあるぜ？　でけえ男が女の後ろに隠れてほとんど戦わないら

しいじゃねえか。それで護衛とは笑わせるなぁ？　その図体は飾りかよぉ！　情けねえ護衛もいたもんだなぁええおい？」

「……」

男がジグを大声で嘲る。それに周囲の仲間たちも追従して笑いだした。

笑いものにされている当の本人は全くの無反応だ。怒りを堪えている様子も無視している様子もない。

ジグにとって彼らは脅威レベルの低さゆえに、身の危険を感じることも怒りや敵意を感じることすらできなかった。

意思と力のこもっていない言葉に感じ入るところなど何もない。

しかしそれを良しとしない者がいる。

「……排泄物どもが」

口の中だけで小さく罵ると、その小さな体から濃密な殺意が滲みだす。

汚物を見るような目でゆっくりと手をかざそうとするシアーシャ。

その掌には刹那の内に組みあがった魔術が籠められていた。

それに気づいたジグが慌てて止めようとする。

「よせっ……！」

男たちは自分たちが命の危機にさらされていることに気づいてもいない。

シアーシャの魔術が放たれ男たちを消し去る前。

そしてそれをジグが止めるより早くに割り込む声があった。

「今のは聞き捨てならない」

ジグと男たちの間に割り込んできたのはウルバスだ。

尾を神経質に揺らしながら縦に長い瞳孔で男たちを見据える。

「ジグは勇敢な戦士。侮辱は許さない」

そう言って威圧を掛ける。鈍い彼らも実力者の明確な敵意に気づいたようだ。

うろたえながら後ずさるが、亜人に脅されて退いたというのは彼らのプライドが許さなかった。

「ハッ！　蜥蜴野郎と仲良くするなんて、よっぽどオトモダチが少ないみてえだなぁ！　亜人なんぞに庇われて人間としての誇りはねえのかよ？」

「人であることにそれを感じたことはないな。誇りというものは、自らで成したことに抱くものじゃないのか？」

苦し紛れの罵倒に淡々と返す。

元々異種族など知らなかったジグからすれば、人間であることに良いも悪いもない。

孤児だったため出自も分からず、何々人であることを誇りに思うなどという愛国心のある発言も理解できないものだった。

そういった考えでの発言だったのだが、男にとっては〝お前は何も成しておらず、ただ人であることに縋《すが》りついているだけの落伍者だ〟と聞こえた。

冒険者業も思うようにいかず、有望な新人に絡むことしかできない彼らにとってそれは何よりの屈辱だった。

「……言いやがったな!?」

激昂した男たちが腰の得物に手をやる。

抜かないのはかろうじて残った理性が、ウルバスとの戦力差とギルド内で刃傷沙汰はまずいと理解しているためだ。

しかしいつその理性が切れてもおかしくはない状態だ。

相手の戦意に反応してウルバスが無言で腰を落として踵を上げる。

腕を肩幅に開き、武器こそ抜かないものの、いつでも戦闘に移れる姿勢をとる。

一触即発の空気だが、ギルド職員がそれを見逃すはずもない。

「この場で私闘をするのならば、相応の処分を覚悟してもらいますが……構いませんか？」

そう言って冷たい視線を向けるのはギルドの受付嬢、アオイ＝カスカベだ。

彼女はいつもの無表情で冒険者同士の諍いに眉一つ動かすことなく口を挟んでくる。

彼女の言葉を受けて男たちが葛藤を見せるが。

「……人間の癖に亜人とつるむ恥知らずめ」

さしもの彼らもギルド相手に揉める程無謀ではなかったようだ。

悪態をつくとジグたちの方を睨みつけながら踵を返す。

乱暴にドアを開けて出て行った彼らを見送ったアオイがこちらに顔を向ける。

「ギルド内での揉め事はお控えください。……一部始終は見ていましたので、あまり強くは言いませんが」

「すまん」

「ごめんなさい」

ウルバスと揃って頭を下げる。

絡んできたのが彼らとはいえ、非がない訳ではない。もう少しうまいやり方もあったなと反省するとウルバスにも詫びを入れる。

「悪かったな、こちらの問題に巻き込んでしまって」

「首を突っ込んだのはこっち。それに恩人を悪く言われたら、怒るの当然」

「……すまんな」

事も無げにそう言って目を細めるウルバス。

ジグは彼の対応にどうにも胸のかゆい思いがしてしまう。

こちらの人間はどうにも貸し借りや恩にこだわる傾向が強いようだ。

二人のやり取りを見ていたアオイが首を傾げる。

「ジグ様たちはあくまで援護に徹していたという話でしたが……随分信頼なされていますね？」

確かに彼の言い方はただ助太刀されただけにしては大袈裟過ぎた。

ウルバスは焦ったように尾を小刻みに揺らす。

「……それぐらい助けられた、ってこと」

見るからに嘘の苦手そうなウルバスが言い訳をするが、傍から見ても怪しい。

爬虫類の瞳がアオイのガラス玉のような視線に負けて宙を泳ぐ。

「……まあ、いいです」

彼女はそれ以上の追及をやめるとジグの方を見る。

整った顔にはほんのわずかだが、意外そうな色が見て取れた。

「順調に人脈を広げているようですね。失礼を承知で言うと、ジグ様はもっとドライな方だと思っていました」

「……以前いた所とは考え方が随分違ってな。俺も少し戸惑っている」

アオイの言う通り、ここに来てからジグは図らずも様々な伝手や繋がりが出来てしまっている。

傭兵の仕事をするだけならば、ここまでする必要はなかった。

しがらみが面倒だ、と言えるほど一人で生きているつもりはない。

しかしあまり人と親しくなってやりやすい仕事でもない。

(環境が変わりすぎた……いや、俺も変わっているのかもしれないな。自覚はないが)

「そうですか……何かお困りのことがありましたら、私にご相談を」

アオイはそう言って一礼すると業務に戻っていった。

カツカツと規則正しい足音が遠ざかっていく。

「……驚いた。あの人が事務的なこと以外に話しているの、初めて見た。どんな関係？」

「一言では説明しづらいな……ん？」

袖口を引かれて見ればむすっとした顔の魔女様。

あの男たちへの殺意は抑えてくれたようだが、浮かれ気分を邪魔されてすっかりご機嫌斜めのようだ。

「悪い、その話はまた今度な。依頼主様がしびれを切らしているようだ」

ウルバスはシアーシャを見ると、シュルシュルと笑った。

「うん、またね」

ウルバスが仲間たちの元に戻っていった。

ジグはむくれたシアーシャの頬を指でつつく。

ぷすーと音を立てて空気が抜けて元に戻るが、彼女の機嫌は傾いたままだ。

「もう、せっかくのお祝いムードが台無しです。せめて血祭りにさせてくれれば気分も上がったのに……」

「物騒なことを言うな。ああいう手合いに一々目くじらを立てていたらキリがないぞ。慣れろ」

「ジグさんのこと馬鹿にするからいけないんですぅー」

不満げな彼女にやれやれと頭を掻く。

子供のように口をとがらせてぶーたれる彼女をなだめながらギルドを出た。


しばらく機嫌のよくないシアーシャだったが、豪華な食事を前にするとあっという間に上機嫌になってくれた。

嬉しそうにパクつく彼女を見ながら、少し甘やかしすぎだろうかと悩むジグ。

それと同時にそんなことを考えてしまっている自分に驚愕する。

(やはり変わったな、俺も)

その変化が良い物なのかは分からない。

仕事の面だけで考えるならば、剣を振るだけで解決できない面倒ごとが増えたとも言える。

以前までの自分ならば確実にそう考えていただろう。

しかし不思議と悪い気分はしない。

目の前のステーキに夢中になっている彼女を見てそう思うのであった。

†

「ちょっと面貸しなさい」

「……」

朝早く、日課の走り込みをしていた時のこと。体も程よく温まって来たので、さてどのルートにしようかと首を回していると気配を感じた。建物の陰、こちらの進行方向に音もなく現れた白髪の剣士は一方的に用件を言うと顎をしゃくった。

「なんで私が来ると毎度嫌そうな顔をするのよ」

顔に出ていたのか、少し耳を上下に動かしてイサナが抗議する。

以前にも似たやり取りをしたような気がするので抗議を黙殺し、端的に用件のみを聞く。

「……なぜ俺の走る時間と場所を知っている？」

その場で足踏みしたまま表情を戻し、話を逸らすように彼女へ問うと意外そうな顔をして目を丸くした。

「なぜって……あなたここ最近噂になっているよ。厳つい顔した大男が毎朝毎朝フル装備で街を巡回しているって。……気づいてなかったの？」

「噂に……なっているのか？」

「それも怪しい道ばっかりうろつくものだから、実は何かの調査員じゃないかって与太話も出てる。毎回微妙にルートも変えるから変な取引がしにくいとか」

走っているだけで噂になっているという事実は初耳だ。自分以外にも時たまやっている者は見かけるのだが、彼らとの違いはなんだろうか。

「まあいい。それで？　次は何をやらかしたんだ」

「……」

無言で柄に手を添えるイサナに参ったと両手を上げる。朝からこの戦闘狂に付き合うのは非常に疲れるので御免被りたい。

「いいから来て。族長があなたに話があるの」

「ご老体が？　分かった」

どうやら真面目な用件のようだ。以前も面倒なだけで真面目ではあったが。

彼女について歩く、のはせっかく温まった体がもったいないので走って追い抜く。場所はまだ覚えているので問題ない。

「走り込みの途中だからな、先に行く」

ここからジィンスゥ・ヤまではあまり距離があるとは言えない。いつもの距離よりは随分短いが、今回は目をつぶろう。

「ふぅん？　聞いた通り、結構地味なことやってるね……私も偶には走ろうかな」

ピコピコと耳を動かしたイサナがトントンと足を弾ませると、こちらを見て翠の瞳を燃やした。

「どちらが早く着くか、勝負よ」

「……お前勝負好きだな」

だがまあ、偶には鍛錬に変化があってもいいだろう。全力疾走と走り込みでは鍛えられる体力の質も違う。

「直で行くと少し短いかな……？」

「では西区の入口まで行ってから折り返すルートではどうだ？」

「じゃそれで」

これならば距離も十分に稼げるので鍛錬としても申し分ない。

イサナは帯をきつく締めると、準備運動で足を伸ばす。あまり走りやすい服には見えないが、これで仕事をしている辺り慣れているのだろう。

「ハンデはどのくらいにする？　そっちフル装備だし」

武器や防具まで着けているこちらを見たイサナがそう提案するが、鼻で笑って口の端を釣り上げる。

「ぬかせ。偶には走ろう、などと戯言を抜かす怠け者に負ける鍛え方はしていない」

挑発的な顔をする彼女に乗って返すと、小石を拾い宙へ高く放った。

「流石にそれは舐めすぎじゃない？　負けた方が奢りね」

言わずともそれを合図と理解したイサナが不敵な笑みを浮かべ、構える。

ふわりと舞った小石が落ちたと同時、二人は猛然と走り出した。

†

ジィンスゥ・ヤの独特な意匠をした家屋が立ち並ぶ東区。

その奥地にある、控えめだが品のある佇まいをした建屋が族長の住まいだ。

「ぐっ、はっ、げほっ……ば、馬鹿なぁ……!?」

「ふっふっ、はぁー……俺の、勝ちだな」

痛む脇腹押さえてぜぇはぁと白髪乱してイサナが辿り着いた時には、ジグはクールダウンしながら呼吸を整えている段階であった。

身体強化まで用いた全力の競争は、ジグに軍配が上がることとなった。

「持久力が、はぁ……足らんな」

走り初めはイサナがずっとリードしていた。元々の身軽さに加え、装備の重量などを考慮すればそれは当然の結果だった。翠電散らして走る彼女は、たとえ装備を外した全力のジグでも追いつけぬほどの速度だったのだ。しかし次第にそのペースは落ち、徐々に距離は詰まっていき、最後には角を曲がっても背が見えぬほどの差がついていた。

「そ、そんな……これほど差が、あるなんて……げっふぉ！」

言葉の途中で盛大にむせるイサナ。汗で白髪が額に張り付き、風を切って冷えた耳が赤みを帯びて小刻みに震えている。

「すぅーはぁー……よし。イサナよ、最後に全力で、動けなくなるまで走ったのはいつだ？」

「う、おえっぷ、えぇと……いつだったかな？」

イサナは酸素の足りないぼうっとした頭で記憶を辿るが、すぐには思い出せない。

彼女もかつてはその手の地道な鍛錬を毎度やらされていたように思うが、剣腕が上がり仕合や実戦に重点を置くようになってからはあまりなかった。

「お前のような天才型は、その才覚で状況を乗り越えられるからな。しかし体力とは才能で鍛えられはしない」

呼吸を整え終えたジグが汗を拭い、水筒から水を呷る。

「傭兵の……いや兵の仕事とは、一に走り二に走ること成り。剣を振るなど三の次……飲め。ゆっくりだ」

脇腹に手を当てたまま、しょげた耳のイサナへ水筒を渡す。

「えぁ？　ぬ、いや……ありがと……」

口ごもるイサナが躊躇いがちにちびりちびりと水を飲む。そこまでゆっくり飲む必要はないのだが。

「剣の腕や才覚ならお前の方が上だろう。だが戦いとは総合力だ。長所を伸ばして短所をそのままにするなら、遠慮なく突かせてもらう」

――ジグはそう言ったもののイサナの走力は相当なものであり、持久力も十分ある方なのは間違いない。彼が体力お化け過ぎるのだ。

しかし同年代にイサナを満足させるほどの剣士が居《お》らず、競争相手に飢えていた彼女はそれを真に受けた。

「これから毎日、走り込みをする……！」

圧倒的な体力差を見せつけられたイサナが、悔しさを滲ませながら固い意志をもって拳を握り締める。

いや、これからではなく今からだ。限界を超えてこそ成長があるのだと、そう決心して疲れた体に鞭を打とうと耳をぴんと上げ、

「何やっとるんじゃ……？」

家の前で大の大人二人がぜぇはぁしているのに怪訝そうな顔の族長に気づいて、本来の目的を思い出した。


族長の家に招かれたジグが出された茶を飲む。

「……美味いな」

一口飲んだジグが率直に感想を言うと、上をはだけて汗を拭うイサナが自慢げに胸を張った。

ゆったりとした服を着ているせいで目立たなかったが、さらしに巻かれたふくらみは女性的な魅力を感じる程度にはある。褐色の肌を伝う汗は健康的な魅力に溢れており、目の保養になる。

「私たちって結構お茶にうるさいの。種類や効能も沢山あるから、今度教えてあげる」

「頼む。茶葉は売っているのか？」

「畑で栽培しているし売ってもいるんだけど……」

歯切れ悪い彼女に、異民族が売る食品がどう取られるかという事情を察したジグが目線で謝る。イサナは苦笑いしながら首を振った。

「それもないとは言わないけど……どちらかと言うと、ここってあんまりお茶にこだわる人が少ないから」

「そうなのか」

もったいないと呟きながらもう一口。ミルクを使っているのか、どこか優しい甘さをした茶は走った後の体に良く染みる。以前仕事で訪れた時に出された茶とは違うものなので、おそらく族長が汗をかくこちらに気を遣って出してくれたのだろう。

「お代わりは要りますかな？」

「もらおう……いい点前《たてまえ》だ」

言葉少なにジグが褒めれば、族長が皺のある顔に薄《うっす》らと笑みを浮かべる。

イサナも自分たちの文化を褒められて嬉しいのか、上機嫌に耳を動かす。

「むしろ、あなたがお茶の味を気にする方が意外なんだけど？」

「行軍している時は、士気を保つ意味でも嗜好品の持ち込みが推奨される」

当然自腹だがな、とジグが続けた。

嗜好品とは言っても嵩張る物は行軍の邪魔になり、本末転倒なので駄目だ。

大抵は煙草や蒸留酒だ。火の点《つ》けられない場合を考えて噛み煙草まで懐に忍ばせる者もいた。

「俺は煙草を吸わないからな。食べることは好きだが飯を持っていくわけにもいかん」

「そっか。確かにお茶なら嵩張らずに量を飲める」

そういうことだと頷きながらもう一口。

たとえ殺伐とした戦争の間であろうと。いや、そういう時だからこそ一息つく時間というものは必要だ。

「それで、俺に何か話があるとか」

文字通りの茶飲み話になってしまったが、元は族長に用があるからと呼ばれたのだ。

「ジグ殿、話というのは他でもない。先日イサナに聞いたのですが、亜人を助けられたそうですな」

「耳が早いな……俺ではなく依頼主の意向だがな」

「同じことです。少なくとも彼らにとっては」

含みのある言葉だ。あまりいい意味ではなさそうだが。

彼らという言葉が誰を指すのかを今更確認するまでもないだろう。

「そこまでか？　亜人への悪感情とは」

「……皆が皆、蛇蝎の如く嫌っているというわけではありませぬ。直接的に悪感情を出さない者もいれば、なんとなく嫌い程度のものまで様々。少なくとも、亜人という存在を皆が潜在意識下で薄ら嫌っている……そんな具合に考えてくだされ」

人に持つ感情が初めからやや下がっている、そんな感じだろうか。

「実際に亜人の犯罪率は高いのです。環境がそうさせるのか、亜人の性根がそう言うものなのか……それはもう誰にも分かりませぬ」

「卵が先か、鶏が先か……」

周囲から犯罪者のように見られ続けた者が歪んだ末にそうなってしまうのか、獣のような見た目はその根本にまで影響しているのか。

誰も亜人を対等な存在として捉えないためにそれを確かめることはもう叶わない。

ウルバスのような亜人を見れば、前者と思うかもしれない。しかし人間がそうであるように、亜人にも多種多様な性格の者がいるはずだ。

　実際は悪辣な亜人が多いのかもしれないし、そうでないのかもしれない。

　それを一概に決めつけることができない程度には、ジグは様々なものを見てきた。種の違いとはそれほど大きい。

「中には亜人排斥を教義としている宗教すらあります」

「そういえばウルバスが言っていたな……確か、澄人教だったか？」

　結局シアーシャに聞きそびれてしまったが、確かそんな名前だったはずだ。

　族長とイサナは揃って渋い顔をした。分かってはいたが、やはり博愛主義的な宗教ではなさそうだ。

「澄人教……彼らの思想は一言でいうなら人間族至上主義。人間以外をひとまとめにして亜人と呼び、堕落した人間としております」

　彼らが唱える経典の一説によると、過去に大罪を犯した者が人間以外と交わり、その結果として生まれたのが亜人。人の紛い物である彼らは大罪人の血を引いており、その性根は悪。危険かつ邪《よこしま》な存在である。

「かいつまんで言えばこんなところでしょう。まあ、それを真に受けているのが全員というわけではありませんが……亜人への悪感情自体は本物です」

　魔術魔獣が跋扈するこの大陸では、神の御業と称される偉業を端《たん》とした宗教は少ない。海を割ろうと山を砕こうと、それは神の御業ではなく恐ろしい魔獣の仕業だからだ。

自然、宗教の性質もジグたちのいた大陸とは変わってくる。万物を創造した人格を持った万能の神を教えの中心とするものが多かったあちらと比べ、こちらの宗教は法や理という抽象的な原理、法則を根底に置くものが主流だ。

後者の方が緩く広がりやすく、理解も得られやすい。人は社会を築く生き物だからだ。

「信仰の度合いも様々でしてな。ジグ殿たちにちょっかいを掛けた連中のように自分の不徳を押し付けるような小物から、本気で亜人を浄化せねばとまで考えている狂信者まで

「冒険者は実力主義なところがあるから、体や五感の強い亜人は重宝されてそこまでもないんだけど……活躍する亜人を良く思わない者もいる」

イサナが補足するように説明する。彼女も異民族として駆け出しのころに色々あったのだろう。昔を思い出しているのか、わずかに表情が沈んでいる。

「……お前には苦労を掛けるな。いつも皆のために働いてくれること、感謝する」

「族長。私はここで、この場所で育ちました。報いるのは当然のことです」

畏《かしこ》まった口調でイサナが拳を掌で包んだ。

彼女が二等級の割に金欠で苦しんでいるのはここへ仕送りをしているという事情もあったのだったか。

普段のアレな姿を見ていると想像もつかないが、実は仲間のために一生懸命な佳《よ》い女なのかもしれない。

「……何か言いたそうね？」

内心が視線に出ていたのか、猫のように耳を伏せながらジト目を向けるイサナ。

「さてな。……ご老体、つまり奴らが何か仕掛けてくるとお考えか？」

「おそらく、ほぼ確実に何かしら手出しをしてくるでしょうな。ジグ殿だけならば私も心配はしておりません。しかし……」

言葉を濁す族長の言いたいことは分かる。

護衛対象、つまりシアーシャのことを言っているのだろう。面識はないはずだが、ジグのことを少しでも調べればそれくらいは掴んでいて当然だ。

「気遣い感謝する。気を付けよう」

無用な心配だろうがな。口にはせず、そう心の内で付け足しながら。

彼女へ直接危害を加えようとすればどうなるか……その身をもって知ることとなるだろう。

ジグは族長へ頭を下げて謝意を伝えると、その場を後にした。

†

強い戦士だ。迷いというものが感じられない。

ジィンスゥ・ヤの長は力強い歩みで去って行く彼の背にそんな感想を抱いた。

迷わない戦士と言うのはそれだけで強い。国のため、家族のため、信念のため、理由は何でもいい。寄る辺の無い異民ゆえに帰属意識や仲間意識といったものが強いジィンスゥ・ヤにおいても、あれほど迷いのない者などそうはいない。武力一辺倒という訳でもなく、先のマフィアによる人攫いの時に見せた考えて行動する力もある。

欲しいと、そう思う。亜人の排斥問題は他人事《ひとごと》ではない。もし何かあった時にあの傭兵がこちら側についてくれるなら、とても心強い。

あの事件以来、ジィンスゥ・ヤも少しずつ変わりつつある。自分たちのやり方を通すだけでなく、時には他を受け入れることも必要という考えが生まれつつあった。良い兆候だ。

「イサナ」

「はい」

族長はジィンスゥ・ヤきっての武人である麒麟児へ目を向ける。

「あの男を引き込みたいが……どうじゃ、落とせそうかの？」

彼女は剣の才が大きすぎて畏れられるあまり忘れられがちだが、器量も非常に良い。すらりとした、しかし女性的な魅力も併せ持つ肢体。一点の曇りもない純白の長髪と翠玉の如き瞳。

媚びるところのない彼女の凛としたかんばせに宿る魅力は、商売女では決して出せない命や魂といった類の輝きを放っている。本人は嫌がっているが、白雷姫とはよく言ったものだ。

「……申し訳ありません。我が刀、未だあの男には遠く……先ほども積み重ねの甘さを指摘されてしまう始末で……」

が、駄目。

この娘、剣のことしか頭にない。引き込みたいと言っているのにどうして倒すことになるのだろうか。勝てば軍門に下ると言う約定を交わしているわけでもあるまいに。

「しかしいずれ、いずれはあの男を打ち破って御覧に入れます！　武人の誇りにかけて！」

決意を籠めてぐっと拳を握りしめている場合ではないだろうと思った。年頃の娘がさらし姿を男の前でするのにも問題があるというのに、まるで気にした様子もない。武人であり、冒険者という職業柄もあるのだろうか。

剣の才以外は割とアレな所も多いイサナだが、あまり人と組まないのと剣の腕に目が行くので気づきにくいのだろう。

「……難題だのう」

「はい、難題です」

（三章）

我が前に道はなし

WITCH AND MERCENARY

熱のこもった工房で男たちが額に汗して金槌を振るっている。

ジグの知る鍛冶屋とは決まった武器を決められた数だけひたすら打たされる、半ば工場のようなものが大半を占めていた。戦争で必要なのは何よりも数であり、一本の名剣よりも十本の数打ち。一人の強兵よりも百人の雑兵であった。

一本に拘るような鍛冶屋は剣というよりも装飾屋のような扱いで、どこぞの金持ちが作らせる悪趣味な金ぴか装飾剣などが後生大事に飾られていたものだ。

「職人と直接交渉など、どこの金持ちだ」

未だ慣れぬこちらの習慣に苦笑いする。視線の先では冒険者と職人が話し合っていた。

彼らは武器を頼みに来た冒険者たちのようで、真剣な顔つきで職人と思しき男と交渉をしている。魔獣の素材らしき紅い角を手にしているが、アレをどうするのだろうか。

「……生物の骨や角を素材にした武具か。話だけ聞くと、どこの蛮族か原住民かと思われるだろうな」

鉄や青銅といった金属剣が野生動物の角に打ち負けるなど悪い冗談にしか聞こえない。しかし今やジグの扱う武器もそう言ったトンデモ武器の部類に属しているのだ。

巨大な二足歩行するクワガタムシの角から削り出した蒼い双刃剣。非常に頑丈なその刀身はとても頼れるもので、蟲風情と馬鹿にする気など微塵もない。人並外れた剛力を持つジグにとって壊れない武器ほどありがたい物はないのだ。

戦争の期間は短ければ数日で済むこともあったが、最初に握っていた武器が最後まで無事だったことはかつて一度もない。決して粗悪品を渡されているわけではないのだが、鎧ごと貫くような激しい扱い方をされれば鉄剣などあっという間に駄目になる。敵の鎧も鉄なのだから当たり前ではあるが。

頑丈な武器を大枚はたいて用意するよりも、倒した相手の武器を拾って使い捨てていく方がずっと安上がりなのだ。

「折れず曲がらぬ武器……兵なら誰もが考える夢物語だが、まさかこんな場所で叶うとはな」

非常に高価なのが見過ごせない欠点ではあるが、それで倒す相手も高価な素材を落としてくれる。

資金がない状態で武器が壊れれば詰みかねないハイリスクハイリターン。冒険者とはまさに博打のような職業だ。シアーシャは怒るだろうが、安定した収入が得られる刃蜂を狩り続ける者たちの気持ちも分かるというもの。

ジグは武器を見てもらうために鍛冶屋へ来ていた。

先日出くわした削岩竜。あの鶴嘴《つるはし》のような頭部での一撃を受け止めた衝撃は凄まじく、柄の部分が曲がってしまったのだ。

ガントから魔具を割り引く代わりに、使用感などを詳しく教えてほしいと頼まれていたのもある。

「歪んでたのは直しておいたよ。あとは結構刃が潰れていたから研ぎもしておいた」

「助かる」

台車で運ばれてきた双刃剣を受け取ると、断ってから軽く振ってみる。おかしな歪みも見当たらないし重心のズレもない、見事な仕事だった。

「まだ買ってからそんなに経ってないのに、随分使い込んでるみたいだね。何匹斬ったの？」

「さてな、覚えていない」

「大体でいいよ」

製作者にそう言われれば無下にはできない。ジグは腕を組んで記憶を辿ってみる。

「ふむ……初陣は確か、岩蟲の定期討伐依頼だったか」

「……ん？　それ聞き覚えある。狂爪蟲が大量に出た奴じゃない？」

「知っていたか。突然もう一つの群れが発生してな。岩蟲ではなくそいつらを斬った。数は……二十前後だったと思う」

「この前そいつの爪がいきなり大量に出回りだしたんだよ。知ってる？　狂爪蟲の爪って鋭いんだけどそこまで頑丈じゃなくてさ、武器には向かないの。だから全部包丁とかナイフにしちゃった。人気あるんだよ」

　ほらこれ、と一本のナイフを手渡すガント。研がれた白い刃は確かに良く切れそうだ。

「ジグ君の眼つきに比べると劣るけどね！」

　試しに豊富なガントの髭をじょりっと削いでみたが、さして力もいれていないのにごっそりと切れた。

「確かにそこまで苦も無く砕けたが……では折れたらどうするんだ？」

「すっごい勢いで伸びるんだってさ。二日もあれば元通りらしい……ねえ、僕の髭も元通りになるかな？」

「知らん」

　寂しげに髭を撫でるガントへ向ける言葉は冷たいものであった。

「……後は何種類もいたが、蜥蜴など含めておおよそ三十体と一人斬ったくらいか」

「この短期間でよくもまあそんなに……ん？　今単位おかしくなかった？」

　ナイフ片手に、鏡代わりの磨かれた鎧を見ながら髭の左右を整えていたガントが首を傾げるが、気のせいだろう。

幾度か角度を変えて満足いく出来になったのか、ガントが髭を扱《しご》きながら疑問を漏らした。

「にしても……頑丈さにはかなり自信があったんだけど、いったい何やったの？」

「ああ、削岩竜の頭突きを受け止めた時にな」

ぶちり。

音に目をやれば、せっかく整えた髭を力んで思わず何本か引き抜いているガント。

彼ははらはらと落ちる髭にも構わず、呆気にとられたようにジグを見た。

「……馬鹿なの？　説明する時に竜の一撃を受け止めてはいけませんって言わなきゃダメだった？」

「緊急事態でやむを得ず、だ。流石に進んでやろうとは思わない」

「それにしたって限度があるでしょ……」

呆れたようにため息をつく。

〝まあ僕の武器だからそれぐらいはできてしまいますけど？〟と付け足すあたり出来栄えに満足いっているところもあるようだ。

「で？　削岩竜のおかげで懐が温かくなった傭兵さんは、僕の売り上げにどのくらい貢献してくれるの？」

期待を込めた目でこちらを見ながら、またぞろ妙な魔具らしきものをごそごそと取り出す。

このグローブと似たような素材で作られた脚甲があったような気がするが、足であの衝撃波を使うなど御免である。

「これを買ったばかりだろう。元を取れたというだけだ」

手に嵌めたバトルグローブを見せる。

そもそも収入が入るたびに装備を更新していてはいくらあっても足りない。ただでさえ防具を頻繁に壊す上に食費も常人より遥かに掛かるのだ。

実際の所、削岩竜の素材は高値で売れたがこの魔具の値段を全て賄うには及ばなかった。

流石にすぐさま新しい装備を買おうとは思わない。

ガントも言ってみただけのようで、あまりしつこくはこなかった。

「ちぇっ、ケチ」

「そう言うな。こいつの実践相手には丁度良かった。土産話では不足か？」

「それを早く言ってよ。で、どうだった？」

口を尖らせていたガントがそれを聞いて目を輝かせた。

やはり自分の作品が役に立ったかどうかは興味があるようだ。

「削岩竜の甲殻を貫くまではいかなかったが、砕くことはできたぞ。破損もない」

「あー流石にそれは無理だったかあ……なんか他に気づいたことある？　悪いところとか特に気になる」

「そうだな……本気で殴ると反動が相当なものだった。あの勢いだとかなり鍛えた人間でも完全には押さえ込めないだろうな。無理に反動を押さえるよりも勢いを流す技術が必要になると思う」

ジグの感想を逐一メモするガント。

「あとは足場が不安定な場所で使うのも不味いな。仮に身体強化で何とかしても、体重の軽い者なら吹っ飛びかねん」

割り引いてもらったこともあり、細かな質問にも詳しく答えておく。

「ふぃー……こんなもんかな。ありがとね」

一通り聞き終わったガントがメモを眺めながら頭の中で改善案を練っている。

「やっぱり課題は威力かなあ……」

「あれ以上出力を上げられたら肩が外れかねんぞ……」

この双刃剣と言い、彼にはどうやら何かの性能を一つ突き詰めたがる悪癖があるようだ。

実際その性能は大したものなのだが、あまりにも需要から離れすぎていては本末転倒だろう。

「初心者には反動低い奴を使わせて慣れさせてから高出力に移行させるのはどうだろう」

「初心者に徒手で魔獣に挑む物好きがいるといいな」

まあいないだろうがと態度で示すが、そんなジグをガントはじっと見つめた。

「……これ宣伝してくれない？　ジグ君が僕の作った装備で派手に活躍すれば使ってみようって人も増えると思うんだよね」

「何を馬鹿な……そんなことで自分の得物を変える奴がいるものか」

流行の服や劇でもあるまいにと呆れたが、ガントは真剣な顔で詰め寄って来る。

「いやいや、案外そう言うのって馬鹿にできないもんだよ？　冒険者って格好つけてなんぼって形から入る人意外と多いよ。実際この前ワダツミの若造が両剣を振らせてくれないか、なんて言って来たんだ」

試しに刃を潰したの渡してみたら脛にぶつけて悶絶しながら帰ったけど！　と爆笑したガントがバンバン机を叩いた。

「あれは傑作だったなぁ。普通の剣しか使ってない奴にあんな武器いきなり扱えるわけないのにね！」

酷い言い草だが、間違ってはいない。ジグとて幾度も痛い思いをして覚えたものだ。それに基礎が槍だったのも大きい。双刃〝剣〟とはついているが、実際の運用方法は槍や斧槍《ふそう》といった長柄武器に近い。長剣のつもりで振れば下刃で脚を叩くだろう。口は悪いが、売るために下手に煽《おだ》てないのは誠実とすら言える。

「本当に宣伝効果があるのか……？」

「何だ本当に知らなかったの？　白雷姫に憧れたひよっこ剣士が刀作って！　とかよく来るよ。値段と扱いの難しさで大抵は断念するけど」

なんとあのイサナに憧れる者までいるとは。

確かに黙っていれば涼し気な美人かつ高位冒険者にして剣の達人だ。内面思春期なところも、見ようによっては他を寄せ付けない孤高と取れるかもしれない。

今朝の走り込みで新兵の如く息も絶え絶えと咳き込んでいるところを是非見せてやりたいものだ。

「ジグ?」

そうしてしばらく彼との魔具改善・宣伝計画に付き合っていると、横合いから声を掛けられた。

ジグよりやや低い大柄な身長と、暗い緑の光沢を持つ鱗。大きな口先からは赤い舌が見え隠れしており、傾けた首と相まって戸惑いを表現している。

「ウルバスか。お前も武器の調整か?」

先日助けた鱗人、緑鱗氏族のウルバスであった。

「うん。削岩竜、硬くて。刃も随分傷んだ……」

そう言って腰に下げた曲刀へ手を当て、肩を落とした。

ウルバスの装備は曲刀と丸盾だ。曲刀は重量のある肉厚なもので、何かの骨を使っているのか刀身は白い。

丸盾はやや大きめで、腰を落として構えれば体のほとんどを隠せるだろう。

「やっぱり、ジグも?」

彼は爬虫類特有の縦に裂けた瞳孔を向けて双刃剣を見た。

「ああ。あの一撃を受け止めたのは流石にまずかったらしい。製作者様に随分と呆れられてしまった」

「それ普通の反応。たとえ武器が大丈夫でも、使い手壊れる。無茶してはいけない」

「ホラ見なよ、これが常識的な反応」

屈強な肉体を持つ彼らからも同意を得られなかったのは残念だ。

ウルバスはこちらの反応を窺いながらゆっくりと近寄り、上から下までじっくりと見つめる。

「本当に、体大丈夫？　どこかおかしくない？」

どうやらこちらの体を気遣っていたようだ。ゆっくり近づいてきたのもこちらへ不快感を与えていないか気にしていたのかもしれない。

気にしすぎ……ではないのだろう。朝市で見かけた光景を思えば、ウルバスの慎重な様子も無理はない。

「問題ない。受けた時に腕が痺れたくらいだ」

「ジグ君なら大丈夫でしょ。でも武器は大事にしてよね」

「……その通りなのだが、お前に言われるとどうにも腹が立つな？」

これが人徳という奴だろうか。基本的に他人から暴言や揶揄されても気にならない性格なのだが、ガントの言葉だけは妙に癪に障る。

「痛いところ突かれているからじゃない？　図星で怒るなんてやーね。図体はでかいのに器ちっちゃいのはダサいよ？」

「……」

その髭を毟ってやりたくなるが、それこそ彼の言葉を肯定しているようなものなので我慢する。

「ていうか昨日入ってきた削岩竜の素材もジグ君なの？」

「うん。一応名義は僕たちだけど、ジグとシアーシャが助けてくれた」

便宜上ウルバスたちが倒したということなので、あまり大っぴらに素材を譲渡するわけにもいかず、売却してから金銭を分けるという形になったのだ。

「へぇ？　ジグ君は亜人、気にしない人なんだ」

「剣を向ければ敵で、金を払えば依頼人だ。鱗や毛皮の有無はさして問題ではない」

お前もそうだろうと、ガントへ目で問う。

彼はそれに答えず、ウルバスから装備を受け取って点検し始めた。

「まあねぇ……お金さえ出してくれるなら、別にどうでもいいかな。あ、分不相応な武器要求する奴は蹴り出すけどね」

「いつも、助かってる」

ガントの態度に無理をしている様子はない。彼にとっては鍛冶仕事が何よりも優先されることで、他は些事なのだろう。もとより、この癖のある職人にそのような器用な真似ができるとも思っていないが。

それに聞かずとも、彼の装備を見ればガントの心遣いが良く分かる。

人間と違う手先に配慮した曲刀と盾の持ち手。丁寧に採寸したのか、骨格から違う体でも防具がしっかり合っている。特徴的なのが足だ。鉤爪のあるつま先は外へ出して、足裏や甲をしっかりと守れるように魔獣の皮で覆ってある。

偏屈で腹の立つ男だが、仕事はきっちりこなす職人だ。

「見事な曲刀だな。何の素材を使っているんだ？」

「これ、鎧長猪《よろいおさいのしし》の大牙。盾は甲殻から削り出したもの。……逸品」

種族違えど彼も冒険者。装備を褒められるのは嬉しいのだろう。

「鎧長猪……聞き覚えがあるな」

「長く生きて大きい個体になれた一握りなら、削岩竜と同格になるほどの魔獣だからね。斬れ味はそこまででもないけど、頑丈さは大したものだよ。魔術刻印適正もあるし、意外と軽い」

材質の説明をガントがしてくれる。

「これがなければ、僕もやられていた……かも。高かったけど、新調してよかった」

「これだけ見事な牙を持つ個体はそうそういないからね。この前持ち込みで売られたときは驚いたよ」

「……」

奇縁とはこういうことを言うのだろう。

身に覚えのある話だったが、違う可能性もあるので口にするのは止めておいた。わざわざ口にするのも野暮な気もする。

「しかもギルドの依頼も受けないで倒したらしいよ。百万くらい報酬出てたのに、もったいないね！」

「…………」

そんな気分は彼の一言で吹き飛ばされたが。

†

油断していなかったというと嘘になる。しかし彼らの干渉など、シアーシャの前では塵芥《ちりあくた》も同然……そう思い込んでいたのも事実だ。

最初は運が悪いのだと思った。

彼女が借りていた魔術書の続巻がことごとく借りられていた。それも普段とても魔術書など読まないような人間がこぞって借りていったというのだから、司書も首を傾げていた。

「僕がこんなこと言ってはいけないんだけどね、ああいう人たちは本を乱暴に扱うから借りて欲しくないなぁ」

本好きの司書は困ったように笑いながら頭を掻いていたが、その気持ちは分からないでもない。ここにあるのはほとんどが写本のようだが、それとて決して安くはないのだ。知識を口伝ではなく形として残すことの大切さは今更語るまでもない。

「むぅ……」

「残念だったな」

まだ七等級に許される魔術書などを読み切れていないシアーシャは表情を曇らせたが、その分依頼を頑張ろうと気を取り直す。

「仕方ありません……しばらくはお仕事を頑張りましょう」

肩を落とした彼女は依頼を探しに受付脇の掲示板に向かった。

しかしそこでも上手くいかない。

「あ、あれぇ……？」

シアーシャが依頼を取りに行くと、受けようと思っていた依頼が軒並み無くなっていた。割のいい依頼やシアーシャが好みそうな依頼は一つも残っていない。悲壮な顔で張り出された依頼を探したが、残っているのはつまらない調査や採集依頼だけ。

これはまあ、仕方がない。冒険者の依頼は早い者勝ちだ。誰もが割のいい依頼を受けようとするのは当たり前であり、遅い方が悪い。

だからシアーシャは気を取り直して、報酬ではなく評価値を稼げる依頼を受けようとした。

「なんでぇ……？」

しかし、これもない。

半べそかきそうなほど情けない顔をしたシアーシャが、おろおろとし始める。

「……」

ギルドからの評価値が高い依頼とは、危険度が高いか報酬が低いかのどちらかだ。基本的に割に合わないものであり、だからこそ補うために評価値も高く設定されている。少ないことはあれど、全くないということは中々あることではない。それも狙いすましたかのように七等級で受けられる範囲のめぼしい依頼が軒並み消えているのは、流石に偶然で片づけるのは難しいだろう。

ジグの脳裏を先日の族長が言った言葉がよぎる。

「ジグさぁん……」

情けない声に意識を戻せば、悲し気な顔のシアーシャが一枚の依頼書を手に立ち竦んでいた。

どうやら討伐で残っていたのは、刃蜂のような常設されている定期討伐依頼だけだったようだ。

ジグは肩を落とすシアーシャの頭を撫で、無言で慰めた。

仕方がなくそれを受けて、単調でつまらない仕事を終わらせて帰る。

以前見た時より人数を増した刃蜂討伐は待ち時間も長く、いざ得物が来ても草を刈るよりも

簡単に終わってしまう。労力が掛からず、ある程度の腕があれば誰にでもできる仕事は冒険者と言う職業名から酷くかけ離れていた。

「明日こそは、ちゃんとした依頼をもぎ取ります……！」

大分ご機嫌斜めなシアーシャを宥めるように髪を梳いていると、拳を握り締めて固くそう決心していた。


そして次の日。朝早くに依頼を確認しに行ったが、結果は変わらなかった。

ほとんどの時間を順番待ちに費やし、一瞬で刃蜂を倒して帰る。そんなことが三度続いた。

「どうなっているんですかっ！」

八つ当たり気味に刃蜂をぺしゃんこにしたシアーシャが憤慨する。

単調で、作業のような冒険業は彼女を怒らせるには十分すぎる程に退屈であった。

「……偶然では片づけられないな」

「問いただしましょう！　こんなことするために冒険者になったんじゃありません！」

周囲の刃蜂を狩る冒険者の反感を買うのも構わずにシアーシャが吠える。

「おい、こんなことってなんだ！　ちょっと才能があるからって調子に乗るなよ？　冒険者は舐められたら……」

以前のようにそれに不満を持った冒険者が文句を言おうと近寄って来たが、あの時と違うのは彼女の機嫌はすこぶる悪いということだ。警告なしで鼻を突いた刺激臭にジグが焦りを見せる。

「シアーシャ、待――――」

咄嗟に止めようとするが、間に合わない。

制止の声も届かずにその手が振り下ろされ、一瞬で組み上げた術により生成される土腕が叩きつけられる。

耳を覆うような轟音が響き、地鳴りのような衝撃に木々が揺れた。樹上に潜んでいた飛鳥賊《とびいか》がボトボトと落ち、刃蜂は強力な魔獣が現れたのかと危機感を感じ取って巣へ逃げ帰る。

土煙が晴れるとそこには、哀れにも親すら見分けがつかないほどにぺちゃんこになった冒険者……ではなくその目前数センチの地面が大きく陥没しており、無傷の冒険者が腰を抜かして呆けたようにへたり込んでいた。

「失礼、蚊が止まっていましたよ？　危なかったですね」

刺されちゃうところでしたと、シアーシャがにっこり微笑む。

声を掛けられてようやく我に返ったようだ。座り込んだ冒険者が震える足を必死で動かして後ずさりながら、よせばいいのに悲鳴のように叫んだ。

「ふざけるなよっ!?　こ、こんなことをしてタダで済むと……」

「――あぁ、いけない……また蚊が、今度は頬に……動かないでくださいね？　今払ってあげますから」

言葉を遮ったシアーシャが痛ましいものを見るように嘆いた。美しい顔を悲し気に曇らせている。そして今度はビンタをするように手を横に構え、それに追従するように土腕が浮かび上がる。

「ぎっ!?　ギルドに……ほうこくを」

「とても……とても耳障りな羽音ですね？　今すぐ静かにさせたい……そうは思いませんか？」

彼女が一歩踏み出すと、それに合わせて巨大な手がゆらりと近づいた。

人の頭にあれが振るわれれば、原形すら残さぬほどに潰れてしまうだろう。

「冒険者は舐められたら終わり……でしたよね、先輩？」

青い顔の冒険者にシアーシャが優しく微笑む。その意味を正しく理解した彼は、安いプライドなど即座に放り投げて首を振った。

「舐めてない！　あ、いや、舐めてません……」

「そうでしたか。それは早とちりして申し訳ありません。私も先輩のことは舐めていませんよ？　単調な作業を続けられるのも才能が必要だと、今実感していたところです。だから……」

笑顔のまま、彼女が手を前へ。土腕が相手の頬へ添えられ、ざらざらとした感触にびくりと顔を引きつらせる。

ゆっくり握り込むように手を閉じると、土腕も頭を囲うように形を変えた。

「や、やめ……」

「羽音を、止めてくれますよね？」

「やり過ぎだ」

「だってぇ……」

「だってではない」

ほうほうの体で逃げていく冒険者を憐れみの籠もった視線でジグが見た。

冒険者の信条は実力主義なので、弱いのに口を出した方が悪いと言えばそれまでだが、多少絡んだ程度であそこまで脅されるのは流石に同情を禁じ得ない。

しかし、と少し思い直す。

この街に来た頃を考えればどうだろう。敵対するものと見れば即座に殺そうとしていたことを思えば、機嫌が悪く自分の言葉さえ届かぬ状態でも生かしたという点は評価すべきではないだろうか。

（……なんでもかんでも殺そうとはせず、脅しという手段を取るようになったことを考えれば成長している……のか？）

諫めるばかりでなく、時には褒めることも大事なのかもしれない。

――生い立ちのせいか本人がおかしいのか、そんなずれたことを考えるジグであった。

「……だがよく我慢したな。偉いぞ」

「えへへ、でしょう？」

胸を張る駄犬と、何でも褒める駄目飼い主の姿がそこにはあった。

仕事の報告を終えたシアーシャが受付で聞いてみると、ギルド側も困っていることが分かった。受けるだけ受けて達成報告も失敗報告も来ず、重複になってしまうので新たに依頼を出すわけにもいかない。かと思えば受付時間ぎりぎりで違約金が支払われたり、達成の報告が来る。

明らかに意図をもって行動をしている。そしてこの場合の意図はとても分かりやすい。

「嫌がらせか」

先日ギルドで揉めた時の冒険者たちを思い出す。また絡まれる可能性は考えていたが、こうも遠回しな行動に出るとは。直接的な危害を加えてくるならいくらでも対処できるが、思ったよりも面倒な手を使ってきたものだ。

「困るんですよっ、こういうことされると！」

事情を聴きに行った相手、ギルド受付嬢のシアンは机を叩き柳眉を釣り上げて怒っていた。

無理もない。一番の被害者は都度手続きをしたり連絡を取って進捗状況を確認しなければならない事務方なのだから。

「ギルドから警告とかはできないのか？」

沈黙を保つシアーシャの代わりにジグが聞いた。

普段なら彼女が報告するのを待っているだけなのだが、事情を知りたいのとシアーシャの様子が心配なので付いてきていた。

シアンは憤懣やるかたないとばかりに机を叩いていた手を止め、眉間に皺を寄せて首を横に振る。

「……一応、違反をしている訳では無いんです。依頼を受けて期限内に達成しているか、できなくても違約金は支払ってもらってるんで。ギルドからの評価が下がるのさえ気にしないのであれば……強権的なこともできません」

「そうか。まあギルドも〝個人に嫌がらせをするためだけに制度を悪用する馬鹿がいる〟前提の規則などは想定していないだろうしな」

「それは、確かにそうなんですけど……それでも非常識ですよ！　だって普段なら複数人で依頼を受けているパーティーが幾つも、一人ひとり別々に受けていくんですよ⁉　しかもクラン単位で！　そりゃ依頼だってなくなりますよ！」

バンと両手をつき、身を乗り出して訴えるシアン。普段の朗らかな笑みは姿を潜め、眉間に青筋を立て口角泡を飛ばす勢いでまくしたてる。

無駄な処理で増やされた仕事と、非常識な行動で他の冒険者に掛かる迷惑。それらに大分腹を立てているようだ。

「分かった、悪かった。落ち着け、可愛い顔が台無しだぞ」

飛ばされた唾を拭いながら先輩傭兵の真似をして宥めてみる。

「おだて方が雑！　可愛いって言えば女性が皆大人しくなるだろうって浅ましい魂胆見え見えなお世辞なんていりません!!」

だがジグの仏頂面では彼のようにはいかず、余計に怒らせてしまった。慣れぬことはするものではない。

小さなシアンに食って掛かられて困ったジグ。その様は大きな狼が子犬に本気で喧嘩を売られて困っているかのようだった。

助けを求めて他の職員を見るが、忙しいふりをして視線を合わせてくれない。

どうしたものかとシアンの愚痴を右から左へ流していると、助けの手が伸ばされた。

「静かになさい」

「ギュッ!?」

突如後ろから伸びてきた腕がシアンの襟首を掴むと、腕ではなく服で喉元を締め上げた。

気絶こそしなかったものの、大声でまくしたてていたところを止められたので青い顔で咳き込むシアン。

「私共の不満をジグ様たちにぶつけてどうするのですか。この方が怒らないのをいいことに調子に乗り過ぎです。……失礼しましたジグ様」

後輩の気道を顔色一つ変えずに止めたのはアオイだ。

むせ込んでいるぐったりとしたシアンを後ろへ放り、入れ替わるようにして折り目正しく頭を下げる。

やっと話の分かる者が出て来てくれたと、内心で感謝しながら話を進める。

「いや、いい。俺は冒険者ではないからな。それよりギルドはこれをどう判断する？」

確かに規則に違反しているわけではない。しかしこれを野放しにしてはギルドが舐められているも同然であり、組織としての面子に関わる。ギルドは規則さえ違反しなければ何をされても構わないと、そう取られても文句は言えない。

アオイは当然とばかりに頷き、冷徹な眼をした。

「この件については現在上に報告しております。遠からず厳重注意と、規則の意図的な悪用に関する罰則が追加されることでしょう」

「……思ったよりも動きが早いな」

当たり前だが、組織というものは大きくなればなるほど動きが鈍重になる。人が多くなればそれぞれの考えや思想があり、様々な意図が絡むからだ。

今回で言えば亜人へ与《くみ》するような言動を取ったジグたちが気に入らない人間至上主義者の妨害などがあってもおかしくはなく、ここまで迅速な対応は想定外だった。

ジグの疑問にアオイは目を伏せ、申し訳なさそうに事情を話す。

「……大変失礼かつ遺憾なことですが、被害がシアーシャ様だけのことであればここまで早くは動かなかったでしょう」

「だろうな」

たとえ将来有望とはいえ、一人の冒険者程度のためにそこまでするほど組織とは暇ではない。

「七等級は人口も多いですからね。シアーシャ様だけでなく、他の冒険者からも苦情が数多く上がってきています」

これも当然と言えば当然だ。彼らの行動はあまりにも短絡的すぎる。多少なりとも考える頭があればこうなることは分かっていただろうに。

突発的な、まるで正気とは思えないような行動に一抹の疑問を感じないでもないが、今は置いておくことにしよう。

「それにうちの陰険眼鏡……もといギルドの実質的な取りまとめをやっている者が、こういったやり方を毛嫌いしているので」

「ほう？」

言いながらわずかに表情を歪めたアオイ。

話の内容よりも、この鉄面皮受付嬢が嫌そうな顔で口にするのがどんな人物なのかが気になった。

「ご迷惑をおかけして申し訳ありませんが、今しばらくお待ちください」

彼女はすぐに表情を消し、それ以上内側を悟らせぬようにして頭を下げる。

「ふむ……」

ジグとしてはそう言われれば否やはない。面倒ごととはいえ今回はギルド側が処理してくれるようなので、多少仕事を休めば元通りになる。

だがそれを決めるのは依頼主であるシアーシャだ。

……そう言えば、先ほどから彼女は沈黙を保ったままだ。今更それに気づき、判断を求めようと視線を移した。

――そして後悔した。

自分は大きな勘違いをしていたようだ。

てっきり彼女の怒りは単調な仕事が続いたことだけでなく、先日の者たちが邪魔をしていることに気づいていたからだと思い込んでいた。こうもあからさまなやり方をされて気付かない方が難しいというものだ。だがそれは思い違いだった。

シアーシャは他人に悪意を向けられることに慣れている。しかしその悪意とは、殺意や憎悪と言ったある意味で直接的なものばかりだ。

人と魔女という、間違えようもない絶対的な敵対関係。そこに妬《ねた》みや嫉《そね》みといった遠回しの悪意は存在せず、それらを向けられた経験は皆無と言っていい。

つまるところ彼女は純粋で〝他人の出世が妬ましくて嫌がらせをする〟といったちんけな悪意の発想に至っていなかったのだ。

長々と説明したが要するに……彼女は、とても怒っていた。

「それは……つまりあれですか。この前の汚物たちが、私の邪魔をしているということですね？　亜人を助けたのが気に入らないからと、その程度の理由で？　ふ、ふふふ……あっははは!!」

「シ、シアーシャ様？」

笑う、哂《わら》う、嗤《わら》う。

愉快そうに、不快そうに、そして腹立たしそうに。

愉快だ。そんな下らない理由で、そんなに弱いくせに、自分の前に立ち塞がるのだから。

不快だ。初めて向けられた捻《ひね》くれた悪意が、身の程も弁えない行為に気づきもしない愚かさが。

そして、それら全てを上回るほどに腹立たしい。

「あー……シアーシャ？」

やりたいことを邪魔され、自分の進む道を塞がれることが、これほど腹立たしいものだとは知らなかった。思えば憎しみや憎悪を抱いたことはあれど、怒りという感情だけをここまで昂らせたことはかつてなかった。

「ジグさぁん？」

「う、うむ。なんだ？」

向けられた凄味のある笑顔に怯んだようにジグが答える。

瞳孔が開き切って、溢れる感情をどう処理すればいいのか分からないので笑うしかない……そんな笑顔は、魔女の眼に慣れ切っていたジグをしてもちょっと怖かった。

「私ちょっとヤることが出来ちゃいました。手伝ってくれませんか？」

「やり過ぎは……良くないぞ？」

なにをヤるのか問うような愚鈍な真似はしない。既に問題はどこまでヤるのかという段階にある。

もはやジグは積極的に止めようとはしていない。彼が温厚に見えるのは無駄な争いや労力を好まないだけで、その根底は力で物事を解決する傭兵なのだ。無暗《むやみ》に暴力を振るわないが、必要ならばそれを躊躇うことはない。

ジグは今回の件を力が必要な場面と考えていた。ここまで短絡的で考え無しの妨害に走っている彼らが、ギルドに処罰されただけで諦めるとは思えない。

「どうしましょう？　どうしたらいいと思います？」

「半分だシアーシャ。半分だけだ」

「あ、それ知ってます！　死体を吊るしておくことで見せしめにするんですよね？」

「奴らはカラスか何かか？　それでは全殺しだろう」

「……？　半数は生かして帰しますよ？」

首を傾げながらの言葉に、そう判断するかと思わず感心してしまう。半殺しを〝半数だけ生かす〟と捉えている辺りに、人の命を数で勘定する魔女の性質がよく出ている。

そのやり取りに真っ青になったのがギルド職員二人組である。

「ダメぇ！　殺しは流石にダメですぅ！　確かに悪いことしたけど問答無用で始末するほどじゃありませんからぁ!?」

復活したシアンが必死に止めに掛かる。

「……シアーシャ様。なるべく早く対処いたしますので何卒……何卒理性的な行動をお願いします」

さしものアオイも顔を引きつらせてそれに続いた。どちらもシアーシャの言葉を冗談と受け取りはしない。

普段彼女のストッパー役をしているジグが諦め気味なのもそうだが、なによりシアーシャの形相がそれを確信させる。彼女は間違いなくやる。

二人が引き留めるのが聞こえているのかいないのか、踵を返したシアーシャは先にギルドを出て行ってしまう。奴らの居所も知らないはずだがどうするつもりなのだろうか。

「……必要な犠牲、か」

「何それっぽいこと言って諦めてるんですか人でなし傭兵！　うわーん、彼女止めてくださいよー！」

机の上に乗り出したシアンがジグの胸ぐらを掴んで前後に揺するが、悲しいかな彼女の腕力では自分の体が揺れるだけだった。

「私からもお願いしますジグ様。……複数の依頼を受諾したまま死なれると、手続きがとても煩雑なものになってしまいますので」

「ちょ、アオイさん!?」

さらりと吐いた毒にシアンが非難の声を上げるが、彼女は素知らぬ表情のままジグに目配せする。

まあ、そういうことだろう。

元よりやらせるつもりはない。大っぴらに殺しなどしてしまえばそれこそ冒険業に支障が出る。

だが落としどころは必要だ。この場合は面子ではなく、シアーシャの感情面だが。

「奴らの名前と、所属クランの情報を教えてくれるのならば……善処してもいい」

このぐらいが妥当だろうと視線で問えば。

「……仕方がありませんね。あれでも一応冒険者なので、その命を守るためとあらば情報提供はやむを得ないでしょう」

打てば響くかのように答えが返ってくる。

アオイは白々しくそう言って彼らのリストを差し出した。その素晴らしい手際の良さは、まるで最初からこうなることが分かっていたかのようだ。

「流石、できる受付嬢は違うな？」

称賛八割呆れ二割で褒め言葉を掛けながら受け取れば、彼女は緩やかに首を振って否定する。

「……私はあなたが先に動くと思っていました。シアーシャ様があそこまで怒るとは」

「うちの姫様は短気なんだ。気を付けてくれ」

自身にも言い聞かせるように言ったジグが踵を返す。

ギルドを出ると周囲を見渡す。時間はそこまで経っていないはずだが、人ごみに紛れて彼女の姿は見えない。

だがまあ、問題はない。多少離れているだけなら感覚で分かる。魔女の気配とはそれだけ異質だ。

おおよその方角に見当を付けると、大股で歩き出す。歩幅の差と、彼女がゆっくり歩いていたのもあるだろう。さして時間も掛からずに彼女の長い黒髪が揺れているのが目に入った。

歩く速度を上げて距離を詰め、彼女と並んだ所で歩調を緩めて合わせる。既に慣れ親しんだと言える、シアーシャの歩く速度。

護衛を始めた頃は歩調を合わせるのに苦労したものだ。ジグが共に歩くのはいつだって同じ傭兵連中が主で、女性と並んで歩いたことなど数えるくらいしかない。シアーシャとは足の長さや歩く速度に大きな差があり、離れていないかその都度振り向いて確認していた。

今では見ずとも合わせることができる。そこまで長いわけではないが、濃い時間を過ごしてきた。

「行く先も分からないのに、どこへ行く?」

「……私の行く先は、いつもジグさんが示してくれましたから」

こちらに顔を向けず、前を向いたまま彼女はそう言った。口調は幾分落ち着いてきたが、やはりまだ怒りが抜けきっていないようだ。いつもより大きな足音がそれを裏付けるように響いた。

「ねぇ、ジグさん」

「なんだ?」

その足音が弱くなる。歩む道に不安がるかのような、か弱い足音。

「人と違うことって、そんなに許せませんか?」

問うた彼女の横顔は、いつもの無邪気なものではなく。

「可笑しいですよね。今までずぅっと厄介者扱いされてきた私《魔女》が平気な顔して過ごしているのに、見た目が少し違うだけの彼ら《亜人》が虐げられる……ホント、何がそんなに気に入らないんでしょうかね」

この大陸に来て彼女の立場は大きく変わった。

忌み嫌われる魔女ではなく、皆から期待される人間の冒険者様。だがその一方で、過去の自分を想起させられる者たちがいる。

自分はもう違うのだからと、他人事だと断じて見て見ぬふりをするのが正しいのだろうか。

その痛みを知るのだからと、同情して彼らに手を差し伸べるのが正しいのだろうか。

どちらを選ぶのも違うような気がして、彼女は迷っていた。

「下らない」

「……え？」

彼女のその葛藤を、彼は容赦なく斬って捨てる。

「下らない問答だ、シアーシャ」

彼に迷いはない。

「俺もお前も。人は生まれる時代も国も、種族すら選ぶことはできない」

それは、彼に迷う余裕などなかったゆえに。

「どうにもならないことを恨んで、文句を垂れても現実は何も変わらない」

それでも、彼に後悔はない。

「その問いの答えが得られて何が変わる？　人の本質を知って何が変わる？　……何も変わらないさ。ならば、そんな問答に意味などない」

それは、彼自身が選んできた道ゆえに。

「どれほど世の中が気に入らなくとも、自分に合わせて世が変わることはない。ならば、自分が変わるしかあるまい。それとも全てから目を背けて独りで生きるか？　……昔のお前のように」

誰に頼ることもできぬ境遇に嘆くこともなく、立ち上がったのは自身の意思。

「だが、お前は選んだのだろう？　変えるために。ならば何を迷うことがある」

――あの時。

自らの境遇を嘆く魔女に、傭兵は同情も憐れみも見せなかった。

ただ助けを待つだけであれば、彼はそのまま立ち去っていただろう。

戦う理由を失った傭兵の背を呼び止めたのは、確かに彼女だった。

「確かにここまで連れてきたのは俺かもしれん。だが選んだのはお前だ、シアーシャ」

決めるのはお前だと、ジグは言った。

その先で得られる益も責も、自らのものだと。

「――お前の望むままに往け。結果敵が出来たとしても、それは仕方がない。生きるとはそういうことだ。……安心しろ、やり過ぎぬようにフォローはしてやる」

無暗に敵を作るのを肯定するわけではない。だが敵を作るのを恐れるあまり行動できないのでは意味がない。必要な時に、必要な相手を敵と定めて、戦う。

無茶をすれば止めもする。感情的に動くのを諫めもする。

しかし彼はいつだって、彼女の選択を尊重してきた。

「……」

黙したままの彼女へ、ジグは一枚の紙をひらひらと見せびらかす。

「さて、依頼主様。お前の往《ゆ》く道を邪魔する奴らの名前がここにある。どうしたい？」

そして傭兵はいつものようにお伺いを立てる。そうすると、彼女を護るのが仕事と決めたがゆえに。

「……ふ、ふふふふ……あははははは！」

彼女は笑った。先ほどとは違い、腹の底から。

「……行きましょう、私の傭兵。してあげましょう、目にもの見せてあげましょう。私の邪魔をすれば、どうなるのかを」

「仰せのままに」

先ほどの頼りない歩みはどこへやら。

足取り確かに、意気揚々と。

二人は邪魔者を排除するべく、哀れな犠牲者たちの根城を調べに向かうのであった。

†

虐げられる亜人たちに昔を思い出してちょっぴり憂鬱になっていた魔女様は、彼《か》の傭兵に叱咤されて立ち直った。いや、吹っ切れたと言うべきか。

「加減を少し、間違えたかもしれんな……」

発破をかけ過ぎたようだ。多少へこんでいるくらいで丁度良かったのかもしれない。

乱闘騒ぎと化している酒場、その中心で大暴れしているシアーシャを見ながらジグはそんなことを思った。思ったが、後の祭りというやつだ。


彼らの居場所を調べるために二人は場末の酒場に来ていた。

アオイのくれたリストにはクランハウスの詳しい場所までは載っていなかった。流石にそこまで渡すのは色々と不味いのだろう。バーディアと言うクランのメンバーに関する情報しか書かれていなかった。

「まずは奴らの情報を集める」

シアーシャにそう伝えて一人店に入りカウンターへ向かう。バーディアのメンバーがよく利用しているという酒場は、冒険者御用達という前提込みでもあまりいい店ではない。質も品も悪く、安酒には水でも混ぜているのか色が薄い。だがこういう店は嫌いではない。

「エールを二杯くれ」

店員に頼んで口が軽く手頃そうな冒険者を探す。こういった店は、客の質も悪いが口も軽い。酒の一杯でも奢ってやればどうでもいい他人の情報くらいなら簡単に話してくれるのだ。

渡されたぬるい酒を手に、目星をつけた男の所に向かおうとした時にそれは起きた。

シアーシャがこういう店に来るとほぼ確実に絡まれて面倒なことになるので、彼女は店の外に待たせていた。彼女の容姿を考えれば無理もないが、そうなっては情報を聞くどころではない。

そう思って外に待たせたのがいけなかったのかもしれない。

「……気づかれたか？」

強い刺激臭に気づいたジグが視線を鋭くする。素早く周囲へ視線を走らせるが、不穏な動きをしている者もいなければ魔術を行使している者も見当たらない。

怪訝な顔をした直後、破砕音が鳴り響く。

酒場の扉をぶち破って一人の男が転がって来た。派手な赤い鶏冠《とさか》のような髪型をした男の勢いは止まらず、転がり続けてカウンターに激突する。

「……お、おい大丈夫か!?」

「何があった!?」

彼の知り合いと思しき冒険者が慌てて助け起こすが、ぐったりとして完全に意識を失っている。鶏冠と同じくらい真っ赤な血が顔を染め上げていた。

「――――みぃつけた」

心臓を鷲掴みにされた。そう勘違いするほどに総毛立つような恐ろしくも美しい声。

店内にいる客たちの視線が男から外へ移った。

右手を覆う地面につくほど肥大化した土腕を携え、シアーシャが酒場へゆっくりと入る。

会ってしまったのだろう。リストを読み込んでいたシアーシャの前に、一目で本人だと分かる特徴的な外見をした彼が偶然にも現れてしまった。哀れにも。

「……まあ、話が早いのは悪いことじゃない」

肩を竦めて行き場を無くした酒を口にする。薄い。

「こ、のクソアマぁ! よくも仲間をやりやがったな!」

断っておくが死んではいない。少し顔が平らになっているくらいだ。

「おい、この女やっちまえ!!」

仲間もいたのか。それは都合がいい。情報源は複数あって損はない。

そう思って見れば、呼びかけに応えた者たちがぞろぞろと……ざっと二十人ほど。

「いや多すぎだろう」

思わず突っ込んでしまうほどに多い。というか客がほぼ全員バーディアの関係者とはどういうことだろうか。よく利用しているどころではなくたまり場ではないか。

「あら、まあ……まあまああまあ！　私、とってもツイてます」

怒りの対象と、それを一挙に晴らす機会を得られたシアーシャが満面の笑みを浮かべた。

「顔は狙うな！　よく見りゃ上玉だ、犯してかごばっ!?」

最後まで言わせず、中身を飲み干した杯で殴り倒す。あの恐ろしい顔を見て性欲を沸き立たせられる無神経さには感心すらするが。

「クソ、仲間がいやがったか！　だが数はこっちが上だ、まとめてやっちまえ！」


そして今に至る。

「とぉう！」

シアーシャによる素人丸出しのテレフォンパンチ。しかしそれに追従する土の巨腕のサイズは侮れるものではない。魔術師相手だからと迂闊に前に出た者が面白いくらいに景気よく吹っ飛ばされていく。

「調子に乗るなよ！」

それでも近接戦闘は彼女の距離ではない。隙の大きい巨腕を掻い潜って懐に入った男が拳を

振りかぶり、

「悪いな。うちはお触り禁止だ」

「くっ、この！」

殴ろうとした手をジグが掴んで止める。男は振りほどこうと藻掻くが、掴まれた手はピクリとも動かず万力に挟まれたかのようだ。この程度、止めなくとも彼女なら自分で防いだだろう。

相手がひと際強く引き抜こうとした時に手を放すと、突然支えを失った男がたたらを踏んで後ろに下がった。その無防備な腹へ蹴りを叩き込む。背が反り、腹筋の緩んだところに蹴りを喰らった男は口から胃液を吐き出しながら崩れ落ちた。

「野郎！」

吠えた相手が殴りかかる。相手も今日は仕事を休みにしているのか武装をしていない。殺し合いではなく乱闘で済んでいるのはそのせいだ。もっとも、こちらに殺すつもりはないが。

「どりゃあ！」

「ぎゃああ!?」

「……」

シアーシャの攻撃で腕やら脚やらひん曲げながら飛んでいく相手を見ていると少し心配になってくる。

「余所見とは余裕じゃねえか！」

「相方の監督も仕事でな」

徒手での格闘経験があるだろう構えの相手が、ステップで距離を詰めてのワンツーを繰り出してきた。

ジャブを左腕で防ぎ、防いだ腕のバックナックルで続く相手の右ストレートを弾く。そのまま左腕を振り切り、左のハイキック。

弾かれた右腕を戻した相手が頭を守るが、上への蹴りはフェイントだ。への字を描くように軌道を変えた蹴りが相手の足を打った。

「うぉ!?」

斜め上からの変則ローキックが、上段防御へ意識のいった相手の足を刈る。

まだ終わらない。左の蹴り脚へ重心を移して前に出る。転んだ相手の頭を鷲掴みにすると、カウンターへ叩きつける。卓上の酒や食器を薙ぎ倒しながら引きずり回し、最後には別の男に投げつけた。

「この、……っ!?」

「弁償はそっち持ちだぞ?」

そんな声と共に投げつけられたテーブルが顔に直撃し、また一人倒れた。

仲間を倒されて頭に血が上ったのか二人が腰からナイフを抜き、そのうち一人が投擲しようと振りかぶる。投げる直前、ナイフを持つその手に銀の輝きが飛来。

「ってぇ!?」

ジグは相手が腰に手を回した時点で動き、先んじて取り出した硬貨を弾いてその手を撃ち抜いていた。爪が割れて出血し、痛みに怯んだ男がナイフを取り落とす。

その間に距離を詰めて顎を蹴り上げ一人を片づけ、もう一人の突き出すナイフを拝借した酒瓶で弾いた。硝子を金属で擦るぎゃりりという不快な音が鳴る。

「浴びるほど飲め」

相手が立て直すよりも早く振り下ろされた酒瓶が脳天を直撃。瓶が割れて紅い中身と芳醇な香りを撒き散らす。

「こんなものか」

次へ行く前にシアーシャの方はと後ろを向けば、凄惨な光景が広がっていた。

「は、はなせぐぇ！　やめぶぁ!?　た、たすっ………」

左右の土腕に男が二人ずつ掴まれてびたんびたんと交互に床へ叩きつけられながら、必死にジグへ助けを求めている。その後ろでは五人が横並びに壁へ頭を突っ込んで身じろぎ一つしない。どうやったらそうなるのか、天井へ下半身が嵌ってぷらぷらと逆さに揺れている者すらいる。その他諸々死屍累々。

「ジグさん、情報収集って楽しいですね！」

頬に返り血を浴びて笑顔なシアーシャは実に猟奇的だ。

お互い手加減しているとはいえ、ジグが五人倒している間に十五人も片づけてしまうあたり流石は魔女だ。

「……そうだな」

間違いを正そうという気にすらならない、そんな光景だった。

ずっと叩きつけられている者たちが静かになり始めたので仕方がなく止めるまで、彼女はずっと笑っていた。


二人はその日の晩、バーディアのクランハウス前に来ていた。彼らの根城は金がないせいか、住宅地や表通りからずいぶん離れているところにポツンと建っていた。

「とてもよく話してくれましたね」

「まあ、そうだな」

シアーシャの言う通り、酒場にいた彼らは実によくバーディアの情報を教えてくれた。所詮は質の悪いごろつき紛いの冒険者だから保身のために仲間を売るのは驚くことではない……が、それにしてもここまでスムーズに話が進んだのは偏《ひとえ》に彼女がよくほぐしてくれたおかげだろう。

「お肉も人間も、叩くと柔らかくなるって本当だったんですね」

「……誰に聞いた？」

「本に書いてありました」

「そうか」

今までのことを考えて彼女には好きにさせてきたが、与える本くらいは気にするべきだったかもしれない。考えてももう遅いが。

彼らから得た情報によると、バーディアは主なメンバーが六〜八等級で占められており中堅より下といった感じのクランだ。人数は三十人強で数は多め。

あまり素行のいいクランではなく狩場の占有や横取り、横暴な態度や暴力沙汰で出入り禁止の店なども多いらしい。同業者からの評判も悪く、どこにでもいる嫌われ者といった感じだ。

ついでに亜人嫌い。

亜人は特異な五感に加えて身体能力も高いので、冒険者として有能な者が多い。そのため質の悪い冒険者からは特に嫌われやすい傾向にある。

それ自体は珍しいことではなく、彼ら以外にもそう言ったクランはいくつもある。

気になるのはここ最近、上の古参連中が妙な連中と付き合いがあるようで、以前では考えられない目に余る行動を取っているらしい。なにやら怪しい薬などにも手を出しているようで、おこぼれに与ろうとしたが殴り倒されたとか。酒場にいたのは皆それに関われなかった者たちだそうだ。

今回の妨害工作も半ば上に脅されるような形で加担させられていたとは彼らの言だが、これに関しては保身も多分に含まれているだろう。

この手の人間は基本的に保身優先の小物なので、ここまでの騒動を起こして本格的にギルドから目を付けられるようなことをする度胸はないはずなのだが。

とはいえやっているのは事実なので気にしても仕方がない。

中で何をやっているのか、随分騒いでいるようだ。外にいても聞こえてくる。

「さぁ、殴り込みといきましょう」

敵の本拠を前にしてさてどう踏み込もうかとジグが悩んだ一瞬の間に、シアーシャが巨大な土腕を呼び出す。彼女は両開きの扉をこじ開けるかのように土腕を壁に差し込んだ。

†

「頭《かしら》ぁ、流石に今回のは不味くないっすか？」

バーディアのクランハウス。その一階で卓を囲み、大きな声で騒いでいるクランメンバー。

酒と粉と煙に満ちたその部屋は、似たような間取りのワダツミとは比べるべくもないほどに荒れていた。床を空の酒瓶が転がり、部屋の端にまとめてあるゴミ袋はいつから放置してあるのか虫が集《たか》っている。

不潔で野蛮な冒険者、それを体現したような者たちであった。彼らが特別汚いと言う訳でもなく、大多数の冒険者はこんなものなのだ。

その中の一人が比較的大柄な中年の男に尋ねた。

「確かワダツミにも伝手があるんでしょう？」

「あぁ？　気にするこたねえよ。俺たちゃなんにも違反はしてないんだぜ？　ただちょいと調子に乗った新人に教育してやるだけだ」

「てぇと、そろそろ？」

「おうよ。ここに引きずり込んでお灸を据えてやらねえとな。女もいるんだろ？　楽しもうじゃねえか」

頭が下卑た顔で笑うとそれに続いて笑い声が響いた。まともに考えればギルドがそんな甘い組織でないことくらいは直ぐに分かりそうなものだが、どこか理性を失ったような顔つきの彼らは自分たちの考えを疑っていないようであった。

「ワダツミが首突っ込んできたから何だってんだ。別にクランメンバーってわけじゃねえんだろ？　なら部外者と同じだろ」

「まあ、確かに……？」

開いた瞳孔に落ち着かない目の動き。こけた頬と妙に多い発汗。典型的な薬物中毒者であった。夢に浮かされた彼らは都合の悪い現実が見えず、自分たちの思い通りに事が進むとしか考えられないのだ。

「それにもし手ぇだしてきやがるってんなら、そんときゃ返り討ちにしてやる。元々あそこには優秀な新人ばかり取られて気に入らねえんだ」

隈の浮かぶ黒ずんだ顔で頭は懐から注射器を取り出す。赤い、妙な粘性を帯びた液体で満たされたそれを愛おし気に撫でた。

「こいつがありゃ楽勝……だろ？」

頭の手にした注射器一つにクランメンバーの目の色が変わる。色めき立ち、口々にワダツミへの呪詛を漏らしながら血に逸ったように追従した。

「そうだ！　あそこは前から気に食わねえと思ってたんだ」

「ぶちのめせ！　血祭りだ！」

「――――血祭り！　いいですね！」

突然響いた声と同時、破砕音と共に夜風が入り込む。

騒ぎの中でも不思議と通るその声に彼らは一瞬静まり返り、それ以上の異音に慌てふためくこととなった。

めきめきと軋んだ音を立てながら割り開かれていくクランハウス。

大きさはワダツミと同じくらいの、手入れが行き届いていない小汚い建物。その正面が、まるで見開き絵本かのように割られている。当然、中にいる人間は堪ったものではない。

「うわぁあああ!?」

「なんだぁ!?　魔獣か!　地震か!」

突然地割れのように床が裂け、二階から一階へ落下していく者。落ちてきた家具や人に押しつぶされて悲鳴を上げる者。彼らの財産と呼ぶべきクランハウスの惨状にこの世の終わりのような顔をする者。

まさしく阿鼻叫喚と呼ぶべき惨状だが、その光景を作り出したシアーシャは大変良い笑顔をしている。

「わぁ、すごい……この前資料で見た蟻の巣みたいです!」

まるで生命の神秘に触れた学者のようだ。

しばらく蜂の巣を突いたが如く大騒ぎしていたクラン、バーディアの一同。

何が起きたのかとあたりを見回し、魔術で作られた土腕とその使役者と思われるシアーシャに気づいた。

「そこのクソアマぁ!　てめえかぁ、こんなふざけたことしでかしてくれたのはあぁ!!」

バーディアの連中が激昂し、シアーシャに食って掛かる。顔を真っ赤にして怒り狂う彼らに、シアーシャは胸を張って堂々と構えた。

「いかにも！」

負い目や引け目など微塵も感じさせない、朗々としたとてもいい返事だった。

あまりにも堂々としているので、彼らすら一瞬戸惑うほどの清々《すがすが》しい自供であった。

その中の一人、見覚えのある男がシアーシャとジグを指して脇にいる比較的大柄な男に叫ぶ。

「か、頭ぁ！　あいつだ、あいつがこの前言った亜人助けた冒険者だ！」

「上等だコラァ！　直接乗り込んでくるとはいい度胸じゃねえかよ……輪姦《まわ》してバラシてぶっ殺してやるから覚悟しろぉ!!」

「……随分な品の良さだな」

あまりの口上にジグが肩を竦める。

とても冒険者とは思えない脅し文句から、近頃彼らがつるんでいるという妙な連中の素性も見えてくるというものだ。

「てめぇもだ、図体だけの見掛け倒しがよぉ！　亜人贔屓《びいき》の裏切り者共が、死んで詫びろ！」

怒りの矛先は彼女のみならず、ジグの方にまで向けられる。

「裏切りと言われてもな。お前たちの味方になった覚えはないんだが」

「ぬけぬけと……人間の癖に人モドキなんかを助けておいてよく言う！　首輪のついてねぇ小汚いケダモノに感謝されていい気分にでもなってたかよ？」

「……やれやれ。これではどちらがケダモノか分らんな」

眼を充血させ、唾を撒き散らしながら吠えたてる彼らに人としての知性というものが感じられない。

口汚く罵倒していることごとくが、彼ら自身に返ってきているのに気づいていないのだろうか。

「ジィンスゥ・ヤだの亜人だの……どいつもこいつも横から現れて俺たちの仕事や居場所を奪おうとしやがる。気に入らねぇ……ここは人間の街だ！　人間の誇りのために、一匹残らず人モドキどもを追い出して俺たちの街を取り戻す!!」

言葉を合図に武器を抜くバーディアの面々。彼らは妙な動きをして、何かを腕に打ち込んでいる。

戦闘用の薬物かなにかだろうか。ここでは禁止されていると聞いたが、あるところにはあるのだろう。

「……なるほどな。正気とは思えない行動だったから何か裏があるのかもしれないと思ったが……まさか本当に正気ではなかったとはな」

黒ずんでこけた頬や開ききった瞳孔を見るに、通常の薬物も含めて一度や二度の使用ではなさそうだ。

体に掛かる負担も大きいはずだが、そこは腐っても冒険者ということだろう。鍛えられた体は素人よりも耐性があるようだ。彼らの様子を見るに、そこまで長くは持たなそうだが。

多幸感や全能感も得られる類の薬なのだろう。凶暴な獣のように釣り上がった口や、理性を失った獣の如き眼光が一斉にシアーシャへ向けられた。

「殺セ!!」

号令と共に飛び掛かるバーディアの冒険者。

その速度は彼ら本来の実力を大きく上回るものだ。身の丈を大きく超える能力の代償として足の肉が断裂し、体が悲鳴を上げる。

しかしその裂傷は肉が盛り上がるようにして瞬く間に塞がり、鈍くなった痛覚は体の悲鳴すら届かなくなっている。

服用した薬は肉体の限界を超え、大きな力を彼らにもたらす。様々なものを犠牲にして得た魔獣の如き速度で彼らはシアーシャに殺到した。

だが――――その程度だ。

彼らが我が身を削って得た力とは、その程度のものだ。

日々をただ漫然と過ごし、鍛錬と研鑽を忘れた者たちに削るほどの中身はない。

強さにイカサマのような近道などなく、また天から降って湧いてくるものではない。地道な努力によってしか得られないものなのだと。

彼らは忘れて……いや、目を背けていた。

だから彼らは気づかなかった。

目の前にいる、人ではありえぬ生まれながらにしての強者に。そして研鑽の果てにその強者をも打倒した人間が、助けに入る様子もなくただ傍観していることの意味を。

「愚かですね」

飛び掛かる獣たち。それらを払いのけるように彼女が手を振れば、既に展開していた土腕が薙ぎ払う。

振るわれる風切り音が彼らの悲鳴を飲み込み、鈍い音を立ててクランハウスに叩きつけた。

「しねぇやぁああ！　がはっ!?」

間一髪で身を屈めて避けたバーディアの頭が長剣片手に突っ込むが、短詠唱で飛び出た石柱に腹を打たれた。自ら突っ込む勢いも合わさった腹部への痛打に堪らず足が止まる。

「……危ない危ない。つい癖で先端を尖らせちゃうところでした」

もし今のが杭だったなら、彼の腹には風穴が開いていたことだろう。

続けて唱えた魔術によりさらに石柱を生み出すと頭を打ち上げ、宙にいる彼を土腕で叩き落とす。

「ぎぃっ、ぐふ!?」

蹴鞠のように転がった彼の顔面が地面にこすりつけられ、血の跡が延びる。

「……ぐ、ぞぉおお……ごろしでやる……！」

口から折れた歯と血を吐き出した頭が悪態をつきながら身を起こす。

「あれ？　意外と元気ですね……人ってこんなに丈夫でしたっけ」

存外に元気な冒険者たちに首を傾げるシアーシャ。壁に叩きつけた者たちも呻きながらではあるが立ち上がっていた。反対方向に曲がった腕や脚が逆再生するかのように治っていく。それは回復術を用いたとしてもありえない再生速度だった。

今まで見てきた回復術とは違うものを感じ取ったジグが目を細める。

「……まあ、沢山憂さ晴らしできるし丁度いいですね」

しかし彼女はそんな異常な光景にもさしたる疑問は抱かない。叩いても動くなら、動かなくなるまで叩けばいいだけだ。

復帰したバーディアの面々は愚直にもシアーシャへ襲い掛かるが、その両側から挟み込むような土の壁が迫って来た。前後にいた者は強化された脚力で逃れるが、仲間の体が邪魔で幾人かがそれに挟まれる。

圧を加えられた肉体が軋み、逃れようと藻掻くが抜け出せない。治っていく端から壊されていく肉体に獣のような悲鳴を上げるが、仲間はそれを見捨ててシアーシャへ殺到。

「何が俺たちの街ですか」

彼女の周囲に大人の拳ほどの石弾が大量に生成される。数に任せた突進を、それを遥かに上回る数の石弾で迎え撃つ。前衛が盾や防御術で持ちこたえるが、正面から魔女と撃ち合い勝負しようなど無謀が過ぎるというものだ。耐えられたのは一瞬。無尽蔵とも思えるシアーシャの魔力が生み出し続ける石弾の波に押し切られ、すぐに崩壊する。

防ぎきれないと悟った前衛が散り、盾のいなくなった後衛が石弾に曝されて悲鳴を上げた。無事な後衛から飛来する火の魔術を土盾で防ぎ、肉薄する相手へ熱したままのそれを叩きつける。至近で受けた者が防御した腕ごと圧し折られて吹き飛んでいく。肉の焦げた不快な臭いが鼻を突いた。

「くそがぁああああ！」

味方を盾にして何とか辿り着いたバーディアの頭が剣を振りかぶる、その軌道上に左腕を翳す。

「何が人間の誇りですか」

翳した左腕を覆うように生成された岩が剣を阻んだ。何かの魔具なのか氷を纏う長剣が冷気を発しながら岩を食い破ろうと明滅するが、腕を覆う盾は表面を凍てつかせるだけで一歩も譲らない。その後ろから復帰した前衛が好機とばかりに飛びかかる。

「そんなものは狗《いぬ》にでも喰わせなさい！」

左腕で押さえつけたシアーシャが吼《ほ》え、右腕に纏った土の巨腕を振るう。肥大化した巨腕は正面の頭のみならず、後ろから迫る相手ごと巻き込む規模の剛撃。

咄嗟に展開した防御術など紙切れのごとく散らされ、正面から食らった相手が馬車と衝突したかのような勢いで血肉を撒き散らしながら吹き飛んだ。身動きのできない者たちを巻き込むと次々と壁にべちゃりと張り付き、ずりずりと落ちていく。羽虫の如く潰され、生きているのか疑問なほどの赤いシミを作り出す。

「人間というだけで自らを誇れるなんて、随分とおめでたい頭をしていますね。下らないお題目を掲げる前に己の弱さを知りなさい」

腰に手を当て、顎を反らした彼女の前に倒れ伏した冒険者たち。

幾度も砕かれた肉や骨に再生が追い付かず、呻くようにしてのたうっている。

傷が治っても、圧倒的な力の差を見せつけられて戦意を完全に失っている者もいる。痛みが無くとも恐怖が無くとも、それを思い出させるくらいには勝負になっていなかった。

死人が出ていないのが不思議なほどの惨状。たった一人、わずかな時間でそれを作り出した彼女の異常性にバーディアの冒険者たちが慄いた。

「ば、化け物……」

血塗れの頭がへたり込む。

「あなたたちが誰を迫害しようが、何を虐げようが、興味はありません。好きになさい。ですが」

言葉を切ったシアーシャが両手を地面につける。魔力を練り上げ、掌握していた大地へその怒りを伝播させる。

「――人間だろうが、亜人だろうが、私の前に立ち塞がる者は全て敵です！　邪魔をする奴は全員ぶっ飛ばします！」

そして、怒りのままに両手を振り上げてひっくり返した。

「は……？」

地が揺れ、振り向いた彼らが正気に戻る。薬の多幸感すら吹き飛ばすほどに、その光景は信じがたいものであった。

家が、宙を舞っていた。

決して小さくはない彼らのクランハウス。それが大地に打ち上げられるようにして浮き上がっている。

まるでテーブルでもひっくり返したかのように、家が回り屋根が下を向く。逆さになった家は悪い冗談か、意味不明な夢でも見ているようであった。

一瞬の無音の後、屋根から大地に落ちたクランハウスが破砕音と共に崩壊する。巨大な魔獣にでも踏み潰されたかのように見るも無残な姿だ。

彼らの視線の先、落ちた衝撃と自重に耐えきれずに無事であった部分まで崩れ去っていく。最期に、残った支柱が乾いた音を立てて倒れた。完膚なきまでの破壊だった。

「…………」

呆然と、言葉すら失ったバーディア一同。彼らのことはもう気にする必要はないだろう。これだけの実力差を見せつけられてまだ立ち向かって来ようとはしまい。それだけの気概を彼らが持っていたのなら、冒険者としてもっと大成している。

「ふむ」

これまでずっと傍観してきたジグが頷いた。

想定通りといった風な顔をしているが、ここまでやると思っていなかったために言葉が出ないだけである。額を伝う一筋の汗が彼の心情を物語っていた。

「あーーーすっきりした!!」

鬱憤を晴らしたシアーシャがやり切った表情で伸びをする。

賞金首に続いて今回の妨害騒動。やりたいことを邪魔され続けた彼女の許容量が限界ギリギリだったのは明白だ。

「……邪魔をする奴は全てぶっ飛ばす、か」

良く言えば単純、悪く言えば短絡的。見ようによっては昔とさして変わらないともとれる。

だが彼女にとっては大きく違うのだ。そうするしかなかった過去と、進んでそうする今とでは、同じ行為でも天と地ほどの差がある。

自らの意思で選ぶこと。口にするのは実に容易いが、今の世でそれを貫くことがどれほど難しいか。

「ジグさん、何か言いましたか？」

それでもと、ジグはその蒼い瞳を見つめた。

「……いや、何でもない。帰るか」

「はい！」

自分だけは、最後までそれを助けようと思った。

「……仕事、だからな」

誰にともなく、そう呟きながら。

四章　弱兵どもが夢の跡

後日、バーディアへ解散命令が下されることとなった。

意図的な依頼の多重受注や不履行による他冒険者への迷惑行為に加え、ここ最近のギルドへ寄せられる民間からの複数の苦情報告などなど。

ちなみに薬物の使用自体は違法ではない。凶暴な魔獣に挑む前衛が恐怖を克服するために興奮効果のある薬を使用するのは、推奨こそされていないが禁止されてもいない。過度な依存症を持つ物や、体への影響が非常に大きい戦闘薬などは禁止されているが。

理由はいくつもあれど、決定的だったのはクランハウスの老朽化による倒壊だ。元々所属冒険者の依頼達成率の低さと、古参メンバーの散財癖から資金難であったところに拠点の倒壊は致命的だった。彼らは以後個人かパーティー単位での無所属冒険者となる。今回の件で少なくない人数が降級処分を受けているので、周囲やギルドからの視線を気にしてこの街から出ていく者も多くいるだろう。

それもまた、冒険者の辿る道としてはありふれたものだ。

WITCH AND MERCENARY

「そういう訳で、彼らが受けていた依頼は全て破棄。新たに発行し直されたものが明日にでも張り出される予定です」

場所は変わってギルド併設の食堂。休憩に入ったシアンに呼び止められたジグとシアーシャは、そこで彼女から事の顛末を聞いていた。

「シアーシャさん、ご迷惑おかけしました」

「やった！　これでやっと冒険業を再開できます！」

「よかったな」

諸手を上げて喜ぶシアーシャ。懸念事項が片付いたことが嬉しいのか、芋の甘煮をご機嫌で口に運んでいる。

ちなみにこちらの大陸でも砂糖は貴重だが、その度合いは大きく違う。市場にほとんど出回らなかった向こうに比べ、ここでは多少奮発すれば手に入るほどになっている。水飴などは広く普及して料理にもよく使われている。ジグのいた大陸では砂糖が医薬品の一種として使われていたと言えばその貴重さが分かるだろうか。

朗報と甘味で頬が緩む彼女とは対照的に、懐疑的な眼のジグが鼻を鳴らした。

「老朽化による倒壊……？」

「ハイ。安物件を半ば脅迫して買い叩いた上に、手入れも適当だったみたいですからね。そりゃあ壊れますよ」

「ほう」

「現場を見た職員が〝逆さまに家が落ちればこうなるかもしれない〟なんて報告してきましたが、常識的に考えて家が逆さまに落ちるわけありませんからね。きっと酔っていたんでしょう」

「ふむ」

「……なんですか、何か文句でも？」

ものいいたげな相槌にぎろりと睨みを返し、ジグの視線に怯まず威嚇してくるシアン。小さな体を精一杯大きく見せようと肩を怒らせているが、やはり子犬が威嚇しているようにしか見えない。

基本的に、他所や一般人へ被害がないのなら冒険者同士の諍いは自己責任だ。以前の辻斬りのような一方的な殺しならともかく、冒険者同士の多少の争いくらいならばギルド側もわざわざ介入してくることはない。クランハウス倒壊を多少の争いに含めるかは疑問が残るところだが、死人は出ていないうえに今回は諸々の非の在処が明白だ。ギルドとしてもなかったことにするのに異存はないようだ。

あまり突っ込んでも困るのはこちらなのだし、このくらいにしておく。

「いや別に。死傷者は？」

「建屋が安ければ土地も安いですからね。幸い周囲に民家やお店もなく、被害も怪我人もいませんでした。……彼ら自身を除いては」

彼女が言うには、バーディアの主要メンバーが何人も運ばれた。しかし不思議なことに出血した跡などはあったのだが、怪我はほとんど残っていなかったという。

あの薬、どういったものかは知らないが相当な効能を持っているようだ。シアーシャから文字通り血祭りと呼んで差し支えない傷を負わされたはずだが、一人の死者もいないとは。

「詳しく聞こうとしたんですけど……夜逃げされちゃいました」

当然、そのことを詳しく聞こうとはしただろう。しかし彼らは別に拘束されていたわけではない。逃げようと思えばいくらでも逃げられた。

だが……使っていたアレがどこから手に入れたものかを考えれば、この街を生きて出られるかは怪しいが。彼らは近いうち、見えるところで発見されることだろう。

「そうか。奴らは何か言っていたか？」

ジグが聞けば、シアンは苦笑いしながら視線を横へ。そこには幸せそうな顔で芋の甘煮を頬張るシアーシャがいた。

「……いえ。ギルドの処分も、意外なほど大人しく受け入れていましたよ。何か遭ったんでしょうか？」

あった、ではなく遭った。口にせずとも視線だけで言葉の意味は伝わってくる。

「さてな。きっと――死ぬほど怖いモノでも見たんだろうさ」

†

一つのクランが消えた。

いくら冒険者の命が軽いとは言っても、クランが無くなることは珍しい……とまではいわないが、多くはない。稀によくあるというやつだ。

何度か冒険者たちの話題に上って酒の肴として消化され、いずれ忘れられていく。

「あそこは落ち目だったからなぁ……最近は酒と変な薬ばっか手出ししててよ」

「ま、よくあるクラン崩壊の一途ってやつだろ。……でも俺が聞いた話だとよ、一人の大男に壊滅させられたって聞くぜ？　血塗《ちまみ》れで運ばれるバーディアの連中見かけたって話も聞いたし」

酒場の一角でまさにその噂話で盛り上がる冒険者たち。

「ああ、例のクラン潰しの大男ってやつだろ？　中堅クランを潰して回ってるとかいう」

「ワダツミでも大暴れしたってあれか？　眉唾だろー。弱小クランならともかく単身でワダツミ潰すのは二等級でもキツイと思うが」

酒も大分回っているのか、騒ぎながら本当かどうかも怪しい噂話を交わす冒険者たち。真偽が重要なのではなく、面白い話かそうでないかが大切なのだ。

「俺その大男見たことあるぜ？　確かにあいつならやりかねないツラしてたなぁ！　まじおっかねえから今度見て見ろよ」

「ああ、あの美女と野獣だろ。顔以前にガタイと武器がヤバすぎて近寄る気にすらなれねえよ……偶に若いのが女に釣られて突っかかってるの見かけるけど、あいつら頭イカレてんじゃねえの？　危険予知能力どうなってんだよ……」

「〝体を必要以上に鍛えてる奴は身体強化が未熟な証〟、とか本気で言ってんだから無知って怖いよなぁ……一面だけの真実を盲信しやすい年頃ってやつかね？」

「……やめようぜ。俺らも若い頃は似たような時期あったし、人のことばっかり言えねえよ。でもあの娘に惹かれるのは分かるぜ。あんな美人見たことねぇ」

「……そうなんだけど、なんかちょっと怖くねえ？　気のせいかな……」

噂話は別の話題に逸れ、そして流されていく。

一山いくらのクランが消えるとはその程度のことでしかなかった。

だが噂にされている当人からすれば堪ったものではない。

「なぜ、俺がやったことになっているんだ……？」

「日頃の行いでは？」

口にした疑問に身も蓋もないことを言ったシアーシャが魚のムニエルを食べる。皮はパリッと香ばしくなるまで焼き目を付け、身は柔らかさを損なわない絶妙な火加減のそれにシアーシャが頬を緩ませる。

「ん、美味しい……ジグさん色々騒動起こしすぎですよ。私が多少揉め事起こしたくらいじゃもう見向きもされませんよ？」

「うむ……」

彼女の言うことももっともだし自覚もあるが、ジグにも言い分はある。

ギルドで話題になった騒動は基本的に相手側から絡まれることがほとんどで、ジグから手を出したことは一度もない。所構わず喧嘩を売るような乱暴者だと思われるのは仕事に差し支える。

イサナ然《しか》り、ワダツミ然り、常にジグは仕掛けられる側であった。被害者と言ってもいい。

「……今度奴らに、間違った噂の解消を頼んでおこう」

「もう遅いような気もしますけどね……」

苦笑いしたシアーシャが、ムニエルと一緒に添えられた柑橘系の果実を手に取った。止めようとしたがわずかに遅く、直接食べるには些《いささ》か刺激の強いそれにかじりつく。

「すっぱぁ!?」

悶絶する彼女に水差しから水を汲んで差し出すと、涙目になって口の酸味をすすいでいる。

恨みがましく柑橘を睨む彼女へ見本を見せるように、ムニエルへ軽く絞ってから食べてみせる。

「まあいいさ。お前に目が向くのを肩代わりできるのなら、目立つ意味がないわけでもない」

痛い目に遭ったシアーシャが半信半疑で真似をして酸味のある果汁を絞り、切り身を口に運んで目を丸くした。どうやらお気に召したようだ。パクパクと次々口へ運び、最後の一切れまで食べると満足気に口元を拭った。

「……そういえば気になっていたんですけど、こっちでは私に関する記述がほとんど見当たらなかったんですよね」

シアーシャが思案気に食器を置いて目を伏せる。

ジグにもその言葉の意味はすぐに理解できた。彼自身、同じことを思っていたからだ。

「そうだな。魔術の得意な女性を比喩表現としてそう呼ぶことはあっても、それを一種族として認識しているわけではなかった」

魔女という単語をあえて使わずに同意し、認識を共有する。

ジグもこの大陸に来てからしばらくは魔女について調べた。本で調べるだけでなく、要点をぼかして人に聞いたこともある。

結果、魔女という種族がこの地で認識されていることは確認できなかった。

そう呼ばれている者がいると聞いて出向いてみれば、皺くちゃで如何にも怪しい儀式でもしていそうな老婆がいただけであったり、魔術に長けた女性がそう呼ばれているだけであった。

無論どちらもシアーシャに遠く及ばない。

確かにアレをどう呼ぶかと問われれば、ジグも魔女と表現するだろう。シアーシャという本物に出会わなかった頃の話であれば、だが。

「……どういうことでしょう？　魔術のないあっちにいたのならば、魔術が日常的な現象として扱われるこっちにはもっといてもおかしくはないと思ったんですが……」

「俺もだ。正直、当てが外れた」

向こうで魔女が異質なものとして扱われるのはよく分かる。魔術などおとぎ話の存在としてしか存在しない地で、火や雷を自在に操る魔女は理解の及ばないとても恐ろしいものとして忌避されるのは間違いない。

しかし魔術が生活になくてはならないものとして存在しているこちらならば、魔力の規模は違うにしても一種族として認知されていてもおかしくはない。

「素性を隠して人間のふりをしているとか？」

「あり得るな。こちらの人間は本能の危機察知能力が鈍い。多少自重する必要はあるが、見た目が人間と変わらないお前ならば、紛れるのは難しくないだろう」

「……それ前も言ってましたけど、ジグさんからすると私ってそんなに分かり易いですか？」

言われてジグはシアーシャを見る。

蒼い瞳とその奥に宿る光。深く深く、どこまでも底のない引きずり込まれそうな深淵を思わせる瞳。最近気づいたがその虹彩は独特なもので、同じ瞳の色でも見え方がまるで違う。

「似たような見た目でも、虎と猫の目を見て同じと思う者はいまい？」

人と魔女とでは生物としての格が違う。絶対的な捕食者と獲物、それだけの差がある。

強大な肉食動物に兎が本能レベルで危機を感じるのと同じように、人からすればシアーシャとは異質な存在なのだ。ジグに言わせれば、これだけの異物に気づかない方がどうかしている。

「魔力の有無のせいか、身体能力の差か……理由は分からないが、こちらの人間はシアーシャにさして大きな反応を示していない。勘のいい者は薄ら違和感を覚えているようだが」

「うーん……そうなると身を隠していると考えるのが現実的ですかね？」

「……」

おそらくは、という言葉を飲み込んで考えるのには理由がある。

仮に魔女がいたとして、見た目が人間と同じならば魔力が強いだけの特別な人間ですと言われれば通ってしまうような気もする。亜人という分かり易く見た目の違う者たちがいればなおさらだ。

しかしシアーシャを見ていると、魔女が何の違和感もなく人間社会に溶け込めるかという疑問も湧いてくる。昨日バーディアを血祭りにあげた暴れっぷりを思えばその疑念はより強くなる。

人間が魔女に格の違いを感じるように、魔女からしても人間を対等に見るのは難しいだろう。

寿命も力も明らかに劣る生物と対等に共存することが可能なのだろうか。統治者が魔女で、人間を飼う感覚でいるという方がまだ現実味がある。

「……考えても仕方ないか。バレずに暮らしていけそうだということが分かっているなら、今はそれでいい」

「それもそうですね。他のと会っても喧嘩する未来しか見えませんし」

「……それだけは絶対に阻止しなければなるまい」

珍しく青い顔をしたジグがそう呟く。魔女同士の争いなど命がいくらあっても足りない。街一つなくなってもお釣りがくるだろうことは想像に難くない。

「そういえば、お前たちは男はいるのか?」

せっかく話題に出たのだからと、前々から疑問に思っていたことを聞いてみる。種というならば、雌がいれば雄がいる。魔女がいるなら魔男もいるのだろうか。

いや、魔男はないなと内心で苦笑する。

「さぁ?」

「さぁって……自分のことだろう?」

しかしこの魔女様は小首を傾げて食後に出てきたナッツをパクついている。味気ないのか不満そうな顔をしていたので、蜂蜜の小瓶を滑らせてやる。ジィンスゥ・ヤの族長から土産にともらったものだ。

「わっ……!　ありがとうございます」

嬉しそうにした彼女がさっそく瓶を開けて小皿に垂らす。三分の一ほどを垂らし、蓋をした際に手に付いた蜂蜜を舐めとった。

「……で？」

赤い舌が艶めかしく動くのに視線が行ってしまったのを誤魔化すようにジグが先を促す。

無意識なのか、そんな視線には露ほども気づかないシアーシャが美味しそうに蜂蜜をからめたナッツをぽりぽり食べている。

「あまあま……私はずっと一人でしたからね。物心つく前、大昔に誰かと一緒に暮らして色々教わっていたような気もするんですけど……もう覚えていなくて」

「そう、か……その一緒にいた誰かとは親か？」

「それも、覚えていませんね。親かもしれないし、全く関係のない誰かかもしれません。どっちにしても同じことです」

平坦な声だ。その誰かへ本当に何の感情も抱いていない、そんな声だ。

「その二つは同じでは――――」

「同じですよ。私を捨てて、一人にした。親でも他人でも変わりません」

初めて会った時を思い起こさせる、すべてを拒絶する声音。

しかしそれは一瞬。すぐにいつもの顔になったシアーシャがジグを見つめた。

「今はジグさんがいるから、それでいいんです」

「……そうか」

「――はい」

花開くような笑顔。今を本当に楽しんでいる、そんな顔。

その歪《いびつ》さと脆さを垣間見てしまったが、それ以上何も言うことはできなかった。


夕食も終わり、明日に備えて早めに寝ようと話を終わらせた頃に彼は現れた。

暗い緑の鱗を持ち、ゆらりと尻尾を揺らした蜥蜴型の亜人。正式名称鱗人、緑鱗氏族のウルバスだ。

鱗人は体格がよく、ジグほどではないが大柄だ。いれば目立つし異形は視線も集める。

「ジグ、シアーシャ。こんにちは」

彼は礼儀正しく挨拶しつつ、仕草で断ってから同じテーブルに腰かけた。椅子は背もたれの部分に穴のないタイプなので尻尾が邪魔にならないのだろうかと思ったが、慣れた手つきで椅子を横に回して座る。

「……ごめん。僕たちのせいで迷惑かけた」

座るなり謝罪し、頭を下げる。

先日のバーディアの面々と比べると天と地ほどの態度の差だ。

申し訳なさそうに尾はくるくると巻き、舌は引っ込んでいる。

「巻き込んでしまってごめん」

「あの時助けると決めたのは私です。自分で選んだ結果引き寄せたことなら、甘んじて受け入れましょう」

シアーシャの態度は毅然としたものだ。理由の一端は確かに亜人差別から始まったものだが、関わったのはこちらからなのだ。

バーディアの妨害に怒りもするし、こうなるのが分かっていたら見捨てていたかもしれない。それでもシアーシャは選んだ結果を否定する気にはなれなかった。

「……今思えば、やり返している時はとても楽しかったんです。それでチャラとしましょう」

そう、楽しかったのだ。自分を殺しに来た人間を返り討ちにしている時とは違う、どこか晴れやかなものすら感じていた。

「ありがとう。僕たちのために」

「勘違いしてもらっては困りますね」

彼らに気を遣ってそう言ってくれたのだと、見当違いの礼をしようとしたウルバスをシアーシャが遮る。

「私は私のためだけに、邪魔する者を排除しただけに過ぎません」

蒼い瞳に意思を宿し、堂々と言い切る。もうそこに迷いはなかった。

「……そっか。シアーシャは、とっても冒険者らしいね」

おそらく笑ったのだろう。目を細めて舌を動かしたウルバスが読みづらい表情でそう言った。

「ありがとうございます」

冒険者らしい、という誉め言葉はシアーシャのお気に召したようだ。

「でも油断しないでくださいよ、先輩？　すぐに追い抜いて見せますからね」

「楽しみにしてる、後輩。いつかまた、肩を並べて戦える日……待ってる」

そのやり取りを黙って見ていたジグは、ウルバスの視線を受けてかぶりを振った。

「悪いが、俺はお前らと人間のどちらの種にも与することはできない」

「人間なのに？」

首を傾げた彼にはジグの考えが理解できないのだろう。

一つの種、人間しかいない戦場で育ったジグは帰属意識というものが極端に薄い。

生まれの分からぬ孤児であり、唯一所属していた傭兵団では味方と敵などいつでも入れ替わるものだと教えられてきた。

結局、亜人という人間とは明らかに違う異形を知った今でもそれは変わらなかった。

獣のような人間もいれば、理性的な亜人もいる。ならばどちらも等しく、敵ならば斬る。

「俺は傭兵であり続ける。思想も種族も関係ない。仕事であれば全て斬る」

言葉だけ聞くと金の亡者とも取れる、冷たい非道な発言と取れるかもしれない。だがそれは、ジグが今まで生きた中で築いた揺るぎない絶対の価値観だ。

これまで生きるために命を奪ってきた者たちに詫びる気など欠片もない。

しかしそれらをなかったことにして、耳当たりの良い言葉で自分を飾ることだけはできなかった。

「……うん」

「悪いな」

排斥される彼らに仲間と言う存在がどれだけ大事なのかは想像に難くない。助けておいて仕事だからと突き放す。無駄な期待をさせてしまったのは悪かったと思う。

「いや……うん、それがいい。良ければジグを友人と呼ばせて貰ってもいい？」

「……なに？」

ウルバスの言いだした言葉に思わず聞き返さずにはいられなかった。敵に回れば容赦なく斬るなどと口にする人間を、誰が友などと言おうものか。

正気を問うかのような視線をウルバスに向けるが、彼はゆるりと尾を揺らしてトンと床へ付けた。

「人とか亜人とか関係なく、対等に見てくれる。そういう相手を、友って呼びたい」

「……しかし俺は、敵に回れば躊躇いなくお前を斬るぞ」

「友とは、馴れ合うだけの関係じゃない。ぶつかるとき、ある」

鱗よりも明るい緑の瞳がジグを見据えた。

眩しいほどに真っすぐだ。思わず視線を逸らしてしまうほどに。

「……そうか。ならばこれ以上は言うまい。好きに呼べ」

「ありがとう、ジグ」

差し出された手に拳を合わせる。

戦友ではない、ただの友。

初めてできたその存在に戸惑う彼の顔は、少年のころの面影を残していた。

†

薄汚れた裏路地。

鼠がそこかしこを這い回り、それと同居するように浮浪者が転がっている。

生きているのか死んでいるのかも分からないが、時折身じろぎするのを見るに生きてはいるのだろう。

茶髪を肩口で切り揃えた目つきの鋭い女は壁に背を預けそれを冷めた目で見ていた。

ふと気配を感じ、護身用に持っている腰の短刀に手をやる。護身用に特注された蒼金剛の短刀は涼やかな音を立てて鯉口《こいぐち》を切る。

「お嬢、お待たせしやした」

「ヴァンノか……」

聞こえた声が知っている者だったため短刀に掛けた手を離した。

女の向けた視線の先にトレンチコートを着たくたびれた中年男性が姿を現す。くたびれて見えるのは雰囲気だけで、その目は油断ならぬ色をもっている。

ヴァンノは女に気を遣い葉巻を消すと空の注射器を取り出して手渡す。

「これは？」

中身はもうないが、まともな医療用とは思えない。

受け取ったそれを見ると、使い込まれたように容器が擦れている。

「やっぱ例のドラッグでしたわ。あの男に吐かせた情報どおり、決まった時間や場所で取引しているわけじゃなさそうです」

「……無作為にばらまいているのか。中毒者を増やしてからが本番って訳か？」

「それもありますね。ただ本当の目的は恐らく……」

「ウチの縄張り《シマ》で好き勝手やることでの宣戦布告と、チンピラ共の取り込みが本命か」

ヴァンノが女の言葉に無言で頷く。女は舌打ちをすると瓶を強く握りしめる。

「……で、舐めた真似しやがる馬鹿の名前くらいは掴んできたんだろ？」

「〝アグリェーシャ〟」

その名を聞いた女の視線が険しさを帯びる。

この辺りの言葉ではないが、その独特の響きには聞き覚えがある。

「……西のストリゴを牛耳ってる連中か。向こうじゃ違法薬物の規制もかなり緩いって聞くが、とうとうこっちにまで手を出してくるとはね」

「あっちの連中は節操ってものを知りませんからな。放っといたら街が腐っちまいますなぁ……」

女もギャンブルも身を崩すという点ではさして違いはないかもしれない。

だが薬物の恐ろしさはそれらとはまた次元が違う。

人を、脳を壊し、理性では抗えないほどの快楽とそれを遥かに上回る中毒性をもたらす。一度深みにハマれば抜け出すのは容易ではない。

だからこそ捌く側も扱いは慎重にしなければならないのだ。

「早急に動く必要があるな……」

彼らは間違いなく悪人だ。

しかし彼らなりに守らなければならない一線というものはある。あくまでも彼らにとって都合のいい一線だが、長年やっている悪党ゆえに加減も弁えていた。

「最近やんちゃしてた冒険者連中が怪しいってんで、調べさせてみたんですが……手遅れでしたわ。わけの分からん二人組に難癖をつけられてクランハウスごと壊滅状態。慌てて夜逃げしようとしたところを始末されたんでしょうな」

「冒険者……思ったよりも事態は深刻かもな」

ハリアンを腐らせようとする手は、徐々に迫って来ていた。

Witch

and

Mercenary

Another Story

（番外編）

生きるという選択

WITCH AND MERCENARY

腐っている。その場を一言で表現すらならそれであった。

血肉が腐っている。心が腐っている。大地が腐っている。通り抜ける一陣の風は死臭を伴い、鼻を抜けずにねっとりと纏わりついてくる。

碌《ろく》な隠れ場所もないこの平原はかの国を攻め落とすのに避けては通れぬ道であり、多大な犠牲を強いてでも手に入れたいだけの魅力ある大地であった。

「ま、こんなもんかね。確かに数は力だが、向こうさんは烏合の衆との区別がついていなかったと見える」

戦いの趨勢《すうせい》が決まった戦場を見渡しながら、獅子のような髪を靡かせる偉丈夫が詰まらなそうに口にした。草臥《くたび》れた戦弓を背に、武骨な戦槌《メイス》を腰に下げた姿は華も何もないが、圧倒的な質と実に満ち溢れている。鷹の徽章《きしょう》を胸につけた偉丈夫は、同じく徽章を首元へつけた傍らの男へ目をやった。

「どした？　いつもしかめっ面だが、今日は特別酷いじゃねえか。ヴィクトル」

「……お前の無神経さはいつまで経っても治らないな。ディル」

それに答えたのは一本の長槍を携えた、壮年も終わろうかという一人の傭兵。傭兵でありながらどこか気品と教養を窺わせる彼は、横にいる偉丈夫と比べると細身だ。しかし弱々しさは微塵も感じさせない。直立した一本の大樹が如き立ち姿には物語の騎士のような風格すら漂わせており、老いたというより研ぎ澄ませたという表現がよく似合う。

鷹の徽章にちなんで名づけたのは百翼《ひゃくよく》兵団。しかしその鬼の如き戦いぶりに、周囲からは百《ひゃっ》鬼《き》兵団の名を冠する傭兵団。

その団長であるディバルトス＝クレインと、副団長であるヴィクトール＝クレイン。

彼らに血の繋がりはない。団長であるディバルトスが名の分からぬ孤児や、名を隠したい脛に傷ある団員たちに名乗らせているファミリーネームだ。ディバルトス自身孤児なので、勝手に作って名乗っているだけのどこにも存在しない作られた名である。

「油断したから、そこを突いた。それだけのことだ」

「だわな。戦いに絶対はないって基本を忘れた奴の末路は大体こんなもんだ」

口にする二人の目は未だ鋭く、ほぼ勝ちの決まったと言っていい戦場を最後まで見渡していた。

やがて腐りきった平原に兵たちの大地を揺らすような勝鬨《かちどき》が響き渡るが、既に二人は背を向けていた。

勝敗の決した戦場に用はなく、後は報酬を貰うだけだ。

「どうやらあの噂、本当らしいぞ」

横を行くディバルトスが唐突に言い出す。話に脈絡はないが、ヴィクトールにはそれが何の意味を持つか良く分かっていた。

「……そうか」

返す言葉はその一言のみ。そこには何の感情も読み取れず、ただ一兵の死を聞いた将兵のそれだ。

「どんだけ強い兵だろうと、死ぬときゃ死ぬ……んなこたぁ俺らは嫌《いや》って程理解しているはずなんだがなぁ……お前だけは、なんか死ななそうだと思ったんだよ。——なあ、ジグ？」

ディバルトスは獅子のような髪を乱雑に掻き、空へ向かってそう問いかけた。鷹の徽章へ無意識に手をやっているのは、彼が親しい者が死んだ時にやる癖だ。それを知っているヴィクトールは無言で長槍の柄を強く握り、数多いる中で最も記憶に残る一人の弟子を思い浮かべた。

†

その子供を拾ったのはとある国での依頼の時だ。

東西を列強国に挟まれたその国はそこまで大きくはないが、鉄鉱石や石炭の産出国として豊かな資源を持っていた。それまで資源を輸出することでどちらにもいい顔をしていたが、列強同士の戦争をきっかけにどちらからも侵略を受ける憂き目に遭う。八方美人はいざという時に誰からも守ってもらえず、まさしく嬲《なぶ》られるように国土を食い荒らされていった。腹と背中から同時に喰われたその国はひとたまりもなく穴を開けられ、更に悪いことに遭遇戦に近い形で東軍西軍の争いが始まってしまった。

戦闘が始まってから数年。東の列強国に雇われて戦争に来ていた百翼兵団は、街の惨状に閉口した。小さいながらも資源輸出国として盛《さか》っていた街並みは見るも無残に変わり果て、両国の戦争に巻き込まれた死体がそこかしこに転がっていた。

「おぉ酷え酷え。民間人に手を出すのはいかんだろ……っても、この状況じゃ仕方ないのかね？」

道端に積み上げられた死体の山に、民間人と思しきものを見つけたディバルトスが辟易したように肩を竦める。

「恐らく先兵は犯罪奴隷の類だろうな。碌に食料を持たせず、恩赦を餌に補給と称した略奪や虐殺を行わせて敵の士気を下げる。そして国は戦が落ち着いた頃にそれを蛮行として粛清することで軍規を保つ……危険人物を処理しつつ相手の戦力を削ぐ、呆れるほどに有効な手だ」

ヴィクトールが顔色一つ変えずに説明すれば、ディバルトスがげんなりとした顔で振り返る。

「……傭兵より、正規兵の方がえげつないのはどうよ？」

「それぐらいできなくては大国は維持できない」

「お前もやったのかよ？」

戦槌片手に試すような口ぶりでディバルトスが問う。どんなに凄惨な死体を見ても表情を動かさなかったヴィクトールは、そこで初めて眉間に皺を寄せると苦々しい声を絞り出す。

「……できていれば、今ここにはいない」

「それを聞いて安心したぜ、相棒？」

肩の力を抜いておどけて見せるディバルトスに舌打ちをしたヴィクトールが足を速めようとした。

――その瞬間、砂利を蹴るような音と共に頭上に影が差す。

「ヴィクトル！」

相棒の声が響くより早く、槍を翻す。穂先が痛むのも構わずに地面を突き、その反動で後ろに下がりながら上からの襲撃者をやり過ごす。下がると同時に踵で石畳を踏みしめ、体に染みついた動きで下段に構えた槍を突きこもうと、

「っ!?　待て！」

「ディル、何を!?」

その穂先を戦槌で叩き落したのは他ならぬ相棒のディバルトスだ。一瞬正気を疑って非難の声を上げるが、彼はそれに構わずあろうことか武器を捨てて襲撃者を迎え撃つ。

「こぉの与太ガキぃ！」

怒鳴ったディバルトスはパンチではなく、拳骨を振り下ろして飛び込んできた襲撃者を叩き落とす。

「ぶげ」

蛙が潰れたような音を立てて地面に突っ伏した襲撃者。からんとナイフが石畳を転がり乾いた音を立てる。

「何が……」

「落ち着け。ただのガキだ」

「ガキ？」

ディバルトスが体を除けて見せた先には、年端もいかぬ少年が一人。ディバルトスの拳骨で目を回して突っ伏しているだけであった。ぼろぼろの服に痩せ細った体。よく見れば持っていたナイフは武器ではなくただの食器だ。

「住民の生き残りか」

「逃げ残りというべきかもな。死んでない奴は連れ去られたか、とっくにここを離れているはずだ」

「……助かった。危うく殺すところだった」

如何に刃を向けてきたとはいえ、一般人の、それも子供を手に掛けるのはあまりいい気分ではない。……それでも余裕がない戦場ともなれば、そうも言っていられないのだが。

「気にすんな。俺がやるならともかく、お前がガキ殺してるところなんて見たら飯がまずくなるぜ」

豪快にそう言って見せる彼に救われることは多い。無言で感謝しながらヴィクトールは気絶した子供へ近づいた。


「っ！」

意識を取り戻した子供が首を振って周囲を見回す。気絶したフリで状況を確認しようとしないあたりに、彼の青さが出ている。

「起きたかよ。坊主」

ディバルトスの声にバッと身を翻して腰を落とす子供。視線を片時も逸らさずに手探りで武器を探す姿は、子供ながらに見事な対応力だ。

彼らは自分たちの天幕まで戻って来ていた。ディバルトスは木箱に腰かけて食事、ヴィクトールは素振りをしている。天幕を背にした子供が逃げるためにはどちらかを突破しなければならない。

ヴィクトールは素振りをしながら横目で子供を見る。飢えた野良犬のような目つきは彼の境遇を如実に物語っている。目に映るもの全てが敵といった様子で警戒していた。

無理もない。戦争が始まってから数年、この子供はたった一人で生き延びてきたのだ。小さな国と言えど子供の足だけで逃げ切れるはずもなく、周囲を強国の兵に固められた彼に逃げ場などどこにもなかったはずだ。略奪で食べるものもなく、碌に眠れていないであろうことは浮かび上がったあばら骨と目の隈で分かる。

よく生きていたものだ。恐らくディバルトスたちに襲い掛かってきたのは空腹が限界を迎えたのだろう。

「坊主、名前は？」

「……」

ディバルトスの問いかけに荒く掠れた呼吸のみを返す子供。じりじりと円を描くように距離を取りながら武器を探し、やがて予備の剣が置いてある荷物を探り当てる。しめたと飛びついて武器を漁る子供は、身に余る長剣ではなく短剣を抜き放ってヴィクトールへ向けた。

「おーおー、やる気だぜヴィクトル。相手してやれよ」

「……お前はまた適当なことを」

突然水を向けられたヴィクトールが呆れて素振りを止めて滴る汗を拭っている。それを隙と見たのか、子供は駆けだした。脚力は弱いが、軽くて小回りの利く体の初速は中々のものだ。手にした短剣を腰だめに構えて、ヴィクトールの腹めがけて一直線に迫る。

「――――っ！！！」

力の無さを補う体重の乗った突進だ。子供ながら、見事な殺意と言えよう。ディバルトスが下手糞な口笛を吹くのが癇に障るのか、顔を顰めながらヴィクトールが動いた。

槍の中ほどを持ち、子供の目線辺りを薙ぐ。あえて速度を緩めた横薙ぎに子供が怯む。目元への攻撃は本能的な恐怖を覚えるもので、相当に訓練を積まないと克服するのは難しい。本能の反射は覚悟だけでどうにかなるものではない。

唯一の強みである足を止めてしまえば、もともと塵一つ分あるかどうかの勝機は消え失せる。ヴィクトールが足を滑らせて距離を詰めながら、逆手で振り上げた槍の柄が子供の顎を打ち据えた。

「ぐべ」

アッパー気味に入った一撃にひっくり返る子供。加減はしたので大した怪我はないはずだが、彼の体力は既に限界だったのだろう。大の字のまま動かなくなった。

「はっはっはぁ！　だっせぇ！　そこでビビッちゃ駄目だろ坊主！」

パンをかじりながら膝を叩いて大笑いしているディバルトス。わざわざ武器まで近くに置いてけしかけておきながらあまりな態度に、笑われているのが自分でもないのにヴィクトールはイラッとした。

「っ、げほっ……殺、す……」

子供も同じような感想を抱いたのか、打ちのめしたヴィクトールではなくディバルトスを睨みつける。しかし疲労と空腹の限界なのか、声には力がない。それでも目だけは衰えておらず、逃げ道を探そうと忙《せわ》しなく動いていた。

「……ほぉ？　まだ諦めないか」

その時、ディバルトスの声音が変わった。見世物を楽しむような感覚だった彼の目が、傭兵団の長を務める者の目へ。そしてそれはヴィクトールも同じだった。

圧倒的な実力差を見せつけられたにもかかわらず、彼の目は死を受け入れてはいない。死にたくないという意思。言葉にすれば至極当たり前のことのように思えるが、それを持ち続けることがどれだけ難しいことなのか、戦場に身を置く彼らはよく理解している。

圧倒的な戦力差を見せつけられた時。絶望的な状況に陥った時。抗うことさえ無駄と思えるほどの苦痛や強敵を前にした人は、意外なほど簡単に生きることを諦める。死へ逃げる。

この子供が殺されるとは思っていない、ということはないだろう。街には同じ年頃や、もっと幼い子供の死体も堆《うずたか》く積み上げられていた。そこには区別も差別もなく、等しく肉の塊が転がっていただけだ。

「よぉ相棒、どうよ？」

「……おい、本気か？　まだガキだぞ」

ニタニタと面白そうな顔でパンを振る意図を察したヴィクトールが難色を示す。ディバルトスがこの顔をした時は大抵碌でもないことになると経験で知っていた。中でも今回は特別酷い予感がする。

「いいじゃねぇか。これぱっかりは訓練でどうにかなるもんじゃないぜ？」

「好きにしろ……お前が団長だ」

「決まりだ」

どうせ反対しても押し通す癖に。そう言いたげにため息をついたヴィクトールに構わず、仰向けの子供に歩み寄っていく。

「聞け坊主、逃げられないことはお前がよぉく分かっているだろ」

「……」

ディバルトスが凄みのある笑みを浮かべて威圧する。小さい子供はそれに怯えながらも、目を逸らすことなく真っ向から睨みつける。まるで目を逸らしたら負ける、とでもいうようだ。

「だから取引だ。今から聞くことに答えるたびに、食い物をやる。……どうだ？」

これ見よがしにパンへかじりつく。しかし少年はそれに反応せず、掠れた声を絞り出す。

「……み」

「み？」

子供の声はか細いため酷く聞き取りにくい。耳を寄せたディバルトスが聞き返す。

「み……みず……」

「ミミズ？」

「水だ馬鹿」

見ていられなくなって訓練を切り上げたヴィクトールがすぱんと彼の頭をひっぱたき、自分の水筒を子供へ差し出す。

「あっこら、取引だってぇの！　まだ聞いてもいないのに……」

「うちの馬鹿が面倒を掛けた詫びだ。飲め」

子供は念願の水を受け取ろうと手を伸ばすが、この震える手では水の入った水筒すら満足に持てないだろう。さっきので本当に力を使い果たしたようだ。

ヴィクトールは片膝を立てて座るとそこに子供を横たえ、荒れ地のように干からびた唇へ水筒の口をあてがう。それからゆっくりと、満杯のカップへ水を注ぐように静かに飲ませていく。子供は何度かむせて戻してしまうが、そのたびに背を叩いてやり、満足するまで飲ませてやる。

「あー……もういい？」

「黙っていろ馬鹿……む」

手慰みなのかパンを毟って遊んでいたディバルトスが鋭い視線に肩を竦めるが、睨むヴィクトールを止めたのは他ならぬ子供だった。

「な、まえ……」

「言ったろ、水はこの馬鹿の詫びだと」

だから気にするなと、そう言い聞かせる。だが子供は首を振ってそうではないと、否定した。

「……飲ませて、もらった。借りは……返す」

「――――」

借りたものは返すと、子供は言った。聞きなれた言葉だというのに、傭兵二人は思わず息を呑む。言葉が出なかった。

甘えて当たり前。縋って当たり前。子供が持って当たり前なそんな感情すら、少年は生きるために捨て去ってしまっていた。戦争が始まってからの数年間で、何が彼をここまで削り切ってしまったのか。

分かっていたはずだ。彼のような子供など、この戦乱の世にいくらでもいるはずだと。それら全てと目の前にいるこの少年との差など何もない。

だが、それでも。

「――名前は?」

「……ジグ」

それでも、彼には選ぶ権利がある。

彼……いや、ジグはその意思を示した。

「ジグ。お前には二つ道がある」

「道……?」

「そう、道だ。このまま野垂れ死ぬか、俺たちと来て生きるために他者を殺すかだ。自分が生きるためだけに、他人の命を踏みにじり続ける。決して楽な道じゃねえ。死んだほうがましだと思う時だって何度もある、そんな道だ」

それまでにない真剣な顔で語るディバルトスを、ジグと名乗った少年はじっと見つめていた。

まだ子供だ、どこまで理解しているかは分からない。それでも、言っておかねばならないことだ。後で知らなかったと言ったところで誰も聞き入れてくれはしない。

「よく考えて選べよ。一度この道を歩んだ奴は絶対に逃げられない。逃げたつもりでも、いつか必ず追いつかれる。だから……」

「行く」

「……いいのか？」

ジグの決断は一瞬。悩んだ様子すら見せない。

彼にとってその道を選ぶのは必然ですらあり、悩むに値しない。

「俺は……生きる」

その日、その瞬間。

ジグ＝クレインという一人の傭兵が誕生した。

†

「懐かしいねぇ……覚えてるか？　あいつ俺が直々に剣教えてやるって言ったのに、お前がいいとか抜かしやがったんだぜ？」

昔を思い出していたのは自分だけではないようだ。ディバルトスが遠い目をしながら棒切れ片手に頭を下げてきたジグを思い出す。

「ああ、見事な観察眼だった」

「ひでえ！」

さして気にしていないような口ぶりで豪快に笑ったディバルトス。もうずいぶん昔のことなのに、はっきりと覚えているものだと、ヴィクトール自身驚いた。それだけ衝撃的だったのだろう。

だからこそ、死んだという実感がわかない。

「……奴は、将の器ではなかった。だが兵としては――」

「ああ。昔はあんな細っこいガキだったのになぁ……」

それきり黙ってしまう二人。

撤収準備を始めている百翼兵団が見えてきた。手際よく準備を進める彼らは一流の正規軍と比べても劣るところはなく、二人が積み重ねてきた財産ともいえる存在である。

「……なぁ、あいつが最後に受けた依頼なんだけどよ」

「魔女の討伐。沈黙の魔女と呼ばれた、確認されている中で最も力あると目されている魔女」

「よお！　随分詳しいじゃねえか？　犠牲出しまくったけど討伐はできたって話だが、俺は正直怪しいと思ってるんだよなぁ。生き残りって奴を見たが、どうにもしょぼそうな奴らばっかりでな。倒したって割にはあの森を開拓している様子もねぇし？」

ニタニタと笑うディバルトス。また碌でもないことを考えているに違いない。彼の笑い方は、かつて一人の少年の生き方を決定づけた時と同じものであった。

「その魔女とやら……見に行ってみねえか？」

「いいぞ」

返事は即座。ヴィクトールらしからぬ暴挙。

相棒のらしくない即答にディバルトスの方が面食らってしまったほどだ。

「お？　おぉ……えらい乗り気じゃねえか。どした？」

「大したことではない」

空を見上げたヴィクトールが息を吸う。

相も変わらず腐りきった空気だ。奪い奪われ、不条理と殺戮の果てに生まれる業《ごう》が詰まっている……そんな空気。

あの時と、同じだ。

「弟子の不始末を片づけるのも、師の役割だろう」

あとがき

平素より大変お世話になっております。超法規的かえるです。

『魔女と傭兵』三巻、いかがだったでしょうか。今作は特に書き加えた部分が多かったので、ウェブ版からの読者様も新鮮な気持ちで読めたんじゃないかなと思っております。

私も新巻が出るたび順調に増えていく加筆量にワクワクが止まりません。ネット小説の書籍化は楽ちんだと思い込んでいた昔の自分を殴り飛ばしてやりたいくらいです。ウェブ版との整合性を取りつつ加筆するのって実は結構大変なんですよね……。

今回加筆した部分はシアーシャが大暴れする回でした。

同類に足を引っ張られる面倒さは厄介なもので、明確に敵対していない分対処に困るというのは現実の人間関係でも起こりうる問題ですよね。彼女もその厄介な人間関係の洗礼を受けたというお話です。

最終的に生じた問題は力尽くで捻りつぶすという実にパワフルな解決法になってしまいましたが、敵対者を始末せずに片づけられるようになっただけでも進歩しているという前向きな意見も頂いております。シアーシャのこれからの成長により一層の期待が持てそうですね？

本編最後にはとうとうジグの古巣である傭兵団のお話も出てまいりました。

なんだかんだと謎の多い人物である我らが筋肉傭兵ですが、その始まりを書かせていただきました。戦争により住む場所を失ったジグが戦争に加担する傭兵団に居場所を見いだして行く過程や、戦争を通じて築いていく人間関係などなど。傭兵団でジグがどう過ごし、どう成長していくのかをウェブ版と書籍版交えて書いていきますのでお楽しみに。

そしてとうとう、1月28日から『魔女と傭兵』の漫画連載が始まりました。大変ご好評をいただいているようで、なんとマガポケ様のオリジナルランキング一位の栄誉を飾ることが出来ました！　本当にありがとうございます。

コミカライズにあたっては担当のI氏と魔獣のデザインについて日々熱論を交わしており、構図や動き方の詰めに余念がありません。私も説明用の魔獣資料を作るのがとても楽しくて、漫画を描く上であんまり関係ないような生態まで書き込んでしまいがちです。魔獣をデザインしてくださる叶世べんち先生、そして今回から参加いただきました眼魔礼先生ありがとうございます。魔獣大全とか、いつか本当に作りたいですね！

コミカライズにおきましても、宮木真人先生は細かい要望にもきっちりと応えてくれるので安心して任せられます。

自分の作ったキャラたちの絵が動いてくれるのは思っていた以上に嬉しいもので、漫画化とはこんなにも素晴らしいものだったのかと一人感動しておりましたよ。

ここまでやってこれたのは無知な私を丁寧に導いてくれた編集I氏や、毎度素晴らしいイラスト漫画を描き上げてくれる叶世べんち先生と宮木真人先生、そして何より、ずっと応援してくれて来た読者様あってこそだと思っております。ファンレターまで頂いた時には嬉しさで震えました。本当にありがとうございます。

これからも未熟なかえるをよろしくお願いいたします。

ファンレター、作品のご感想をお待ちしています!

【宛先】
〒104-0041
東京都中央区新富1-3-7　ヨドコウビル
株式会社マイクロマガジン社
GCN文庫編集部

超法規的かえる先生 係
叶世べんち先生 係

【アンケートのお願い】

右の二次元コードまたは
URL（https://micromagazine.co.jp/me/）を
ご利用の上、本書に関するアンケートにご協力ください。

■スマートフォンにも対応しています（一部対応していない機種もあります）。
■サイトへのアクセス、登録・メール送信の際の通信費はご負担ください。

GCN文庫

魔女《まじょ》と傭兵《ようへい》 ③

2024年3月25日　初版発行
2024年11月20日　第3刷発行

著者　超法規的《ちょうほうきてき》かえる
イラスト　叶世《かなせ》べんち

デザイン協力　眼魔礼
発行人　子安喜美子
装丁　AFTERGLOW
DTP／校閲　株式会社鷗来堂
印刷所　株式会社エデュプレス
発行　株式会社マイクロマガジン社

〒104-0041　東京都中央区新富1-3-7　ヨドコウビル
[営業部] TEL 03-3206-1641／FAX 03-3551-1208
[編集部] TEL 03-3551-9563／FAX 03-3551-9565
https://micromagazine.co.jp/

ISBN978-4-86716-547-8 C0193

GCN文庫

モンスターの肉を食っていたら王位に就いた件

たった一つの勘違いから少年は最強の王になる

夜な夜な森でモンスターを狩り、その肉を喰うことで飢えをしのいでいたマルス王子。ある日彼の前に『剣聖の赤鬼』カサンドラが現れ、運命は大きく動き出す。

駄犬　イラスト：芝

■文庫判／①～③好評発売中